Em busca de Catia

Um romance

Catia Fonseca
e Ricardo Sil

◉ Planeta

Copyright © Catia Fonseca e Ricardo de Souza, 2016
Copyright © Editora Planeta do Brasil, 2016
Todos os direitos reservados.

Preparação: Thais Rimkus
Revisão: Andréa Bruno e Hires Héglan
Diagramação: Futura
Capa: Compañía
Imagem de capa: Tabatha Hochreiter

CIP-BRASIL. CATALOGAÇÃO NA PUBLICAÇÃO
SINDICATO NACIONAL DOS EDITORES DE LIVROS, RJ

F743e
Fonseca, Catia
  Em busca de Catia : um romance / Catia Fonseca, Ricardo Sil. - 1. ed. - São Paulo : Planeta, 2016.

  ISBN 978-85-422-0827-6

  1. Ficção brasileira. I. Título.

16-36228
CDD: 869.3
CDU: 821.134.3(81)-3

2016
Todos os direitos desta edição reservados à
EDITORA PLANETA DO BRASIL LTDA.
Rua Padre João Manuel, 100 – 21º andar
Ed. Horsa II – Cerqueira César
01411-000 – São Paulo-SP
www.planetadelivros.com.br
atendimento@editoraplaneta.com.br

NOTA DA AUTORA

O que você vai ler nas próximas páginas é a minha história. Ou não. Quem me acompanha pela TV, pelo canal no YouTube e pelas redes sociais reconhecerá momentos e personagens, mas nem tudo aí aconteceu. Caberá a cada um imaginar o que é verdade e o que não é.

Este livro é uma ficção baseada na minha vida, uma brincadeira que Ricardo Sil e eu criamos a partir de tudo o que vivi, especialmente depois de uma decisão muito importante que tomei num período da vida em que muita gente tem medo de mudar. É uma tentativa de mostrar que não podemos desistir da felicidade nem deixar de curtir as pequenas surpresas que a vida traz.

Quem me acompanha também reconhecerá algumas das receitas que aparecem ao final de cada capítulo. São receitas selecionadas entre aquelas que mais gosto de fazer e de servir às pessoas queridas.

Espero que você se inspire e que também se divirta com este livro.

Catia Fonseca

1.

Cem gramas de fermento biológico seco. Uma colher de chá de açúcar refinado. Um copo de leite e um pouco de farinha. Misturou tudo e reservou. Agora era esperar vinte minutos para a esponja fermentar. Sentou-se à janela e começou a observar os transeuntes enquanto tomava uma xícara de *espresso*. Era seu último dia em Roma. A viagem para o berço da civilização – capital da Itália e da história mundial – era um sonho antigo que, por motivos diversos, Catia sempre tinha adiado. Nos últimos tempos, porém, muita coisa havia ganhado certa urgência.

Recém-saída de um casamento que durara mais de um quarto de século, Catia vislumbrava essa nova vida com entusiasmo, como se as experiências pelas quais ela passava agora, mesmo aquelas que estavam longe de ser novidade, adquirissem ar de ineditismo. O cheiro de uma flor, o frescor das primeiras horas da manhã, as diferentes tonalidades de azul no céu do outono. Tudo isso sempre esteve ali, mas, de certa maneira, antes ela estava ocupada demais com outras coisas, de modo que a potência dos detalhes lhe passava despercebida.

A vida é aquilo que acontece quando você está fazendo outros planos. Não lembrava onde nem quando tinha ouvido essa frase, tampouco sabia de quem era a autoria, mas começou a pensar cada vez mais em seu significado. Passara a vida fazendo outros planos. E, muitas vezes, esses planos não envolviam ela mesma. Não se ressentia de nada. Quando olhava para trás, tinha consciência de que sua vida fora boa. Erros aqui, acertos ali. Uma carreira de sucesso, dois filhos felizes e independentes que começavam a deslanchar nas próprias profissões.

Foi no intervalo entre a saída de cada um dos filhos de casa que Catia começou a pensar mais em si, no quanto de vida havia ainda por desbravar, de mundo a descobrir. Não sabia bem para onde o destino a levaria, mas queria estar atenta a cada possibilidade, sentir cada sopro de vida que lhe cruzasse o caminho, como aquele feixe de sol que invadia a casa e acariciava sua pele.

Lembrou-se da esponja. *Será que fermentou?* Foi dar uma conferida. Ainda estava diminuta. Não tinha nem cinco minutos que estava ali descansando. *Pazienza*, repetiu para si mesma, *pazienza*, e se voltou para a janela a fim de observar os *ragazzi* abusados que cercavam as *principesse* enquanto elas voltavam da escola carregando apostilas, distraídas com seus celulares.

Trinta dias. Nunca havia ficado tanto tempo fora do Brasil. De início, pensou que quinze dias seriam mais que suficientes, mas, assim que começou a planejar a viagem, sentiu-se fascinada com o mundo de cores, musicalidade e sabores que Roma oferecia. Decidiu alugar uma casinha em Trastevere, o bairro mais charmoso e boêmio da cidade eterna. Não quis comprar um pacote de viagens numa agência de turismo e seguir à risca *todas as dicas incrííííveis* de passeios imperdíveis. Pelo contrário, queria esquecer os guias, os mapas e se perder. E foi o que fez.

Mesmo não dominando o idioma e não entendendo todos os códigos culturais, Catia se aventurou por becos e vielas romanos. Cometeu algumas gafes, é verdade, como no dia em que pediu queijo ralado numa *trattoria* em que lhe serviram uma massa à base de frutos do mar e o garçom a chamou de *eretica*. Levantou-se e chamou o gerente, dizendo-se ofendida, argumentando que não via erotismo nenhum em pedir um punhado de queijo ralado.

Até entender que *eretica* não era erótica, mas "herege", meia hora de discussão acalorada havia se passado. Sem entender direito o que estava acontecendo, alguns turistas se aglomeraram ao redor e berraram, gesticularam, pediram a retratação do *maledetto* do garçom pelo que ele tinha dito, fosse lá o que fosse. O homem não arredava o pé em reafirmar que Catia era, sim, *eretica*, pois misturar frutos do mar e queijo ralado era uma heresia capaz de fazer o lendário chef francês Marie-Antoine Carême se revirar na tumba. Mesmo não sabendo quem era Marie-Antoine, Catia decidiu que só voltaria a comer queijo ralado em terras brasileiras, onde podia pedir, inclusive, uma pizza e encharcá-la de mostarda e maionese.

O fato é que essas e outras situações inusitadas pelas quais passara durante as semanas anteriores a tinham levado a outro mundo: um mundo onde ela não tinha o conselho de um assessor, um amigo ou um marido, onde não havia regras claras a seguir, ninguém lhe dizendo para se comportar de determinada maneira; um mundo onde ela tinha que se virar sozinha, consultar-se, achar suas próprias respostas para as perguntas que se fazia. Por isso estava tão feliz. Havia muito tempo que não desfrutava do prazer da própria companhia.

Olhou-se no espelho e encarou a própria imagem. Era um exercício que vinha fazendo com cada vez mais frequência: enfrentar o que estava por vir, não fugir de seus questionamentos. Pelo contrário, dar voz a eles.

Quais são meus desejos? O que eu gosto de fazer? Estas eram perguntas que com o tempo ela deixara de se fazer, mas que agora recobravam sua importância. Do alto de seus quarenta e quatro anos, Catia pensou que muitas mulheres, ao chegar a essa idade, desistiam de buscar a felicidade que tanto almejavam, como se nessa fase da vida nada de novo pudesse acontecer. O principal motivo, ela acreditava, era o medo da mudança, de abrir mão do estabelecido até ali. Foi pensando dessa maneira, alguns meses antes, que ela decidira não abrir mão de sua felicidade. A partir desse lampejo, decidiu recomeçar tudo, e várias decisões não premeditadas passaram a fazer parte dessa nova fase, entre elas o término de seu casamento e a viagem para a Itália.

Voltou-se outra vez para o recipiente onde estava a esponja. Havia fermentado, crescido. Tudo tem seu tempo. Juntou três quartos de um copo de óleo, um ovo e acrescentou o restante da farinha até a mistura desgrudar totalmente das mãos. Depois de pronta, moldou a massa, deixando-a no formato de uma bola, e a colocou de volta no recipiente, cobrindo-a com um pano. Bastava esperar de uma a duas horas para que dobrasse de tamanho. *Pazienza, pazienza.*

Enquanto a massa descansava, Catia começou a preparar o molho. Tomate pelado, cebola, alho, salsinha, sal, azeite, pimenta-do-reino. Jogou tudo no liquidificador e bateu. Molho pronto e reservado, decidiu olhar o laptop e checar se havia notícias da família.

No mesmo instante, Carla, sua irmã, apareceu na tela do computador numa chamada via Skype. Isso acontecia com frequência entre elas. Desde criança, eram muito ligadas, com uma sintonia incomum. Muitas vezes, quando uma pensava na outra, as duas pegavam o telefone e se ligavam ao mesmo tempo. Nem sabiam ao certo quem havia completado a ligação, já que falavam "alô" quase simultaneamente.

Catia atendeu a ligação do Brasil, e as irmãs iniciaram a conversa transcontinental.

— Oi, mana! — disse Carla.

— Criatura! Ia conectar agora para falar com você! — respondeu Catia, enquanto se servia uma taça de vinho.

— Hum... Tá bebendo agora, é? Nunca foi disso.

— Sou fraca pra bebida, né? Mas o chef daquele curso que eu fiz me recomendou esse vinho. Brunello. Já que tô aqui, não custa nada experimentar — disse Catia, dando o primeiro gole e fazendo careta. — Menina, é forte isso aqui. É uma dificuldade danada achar aquele vinho mais docinho, sabe, aquele que parece um suco de uva? Disseram que é pecado pedir vinho suave, que os garçons fazem cara feia, e você sabe o problema que tive com aquele garçom. Mas vou contar um segredo: eu coloco um pouco de água pra suavizar.

Do outro lado da tela, Carla deu uma gargalhada.

— E como tá sendo o último dia em terras italianas?

— *Tranquillo, pieno di luce!* — respondeu Catia, com um sotaque carregado. — Decidi fazer um programa mais leve hoje. Acordei cedo, dei uma volta pelo bairro, comprei frutas frescas, pães e agora tô aqui fazendo uma pizza marguerita que aprendi no curso de culinária.

— Hum. Vinho Brunello, pizza marguerita... Tá esnobe, hein?

— Que nada! Sabe que eu amei minha viagem? Roma é tão romântica! Não deve ser à toa que de trás pra frente é "amor". Tudo aqui é muito intenso: a música, a comida, os monumentos, tudo.

Catia deu mais um gole e ficou pensativa.

— Posso confessar uma coisa? Tô com saudade do mexidão da mamãe! E tudo certo com o programa?

— Ah, não, Catia! Você tá de férias! — disse Carla, que era o braço direito da irmã para tudo o que dizia respeito a trabalho. — Não vamos falar da TV, nada disso! Vamos fazer um brinde!

— Como assim um brinde?

Carla pegou o copo que estava a seu lado e ergueu.

— Um brinde! Você com seu vinho Brunello misturado com água, que deve ter mais água do que vinho, se te conheço bem, e eu com minha cerveja! Um brinde a seu retorno e a vida nova que se anuncia!

Catia ergueu sua taça.

— Um brinde!

Quando as irmãs terminaram de conversar, Catia percebeu que a noite havia caído. Era sempre assim: as duas esqueciam o mundo ao redor no momento em que começavam a falar uma com a outra. A massa já havia dobrado de tamanho. Catia despediu-se de Carla para finalizar sua receita. Estava morrendo de fome.

Separou a parte da massa que não usaria e a colocou num pote na geladeira. Com o forno preaquecido a 180 °C, untou uma forma redonda com azeite de oliva, acomodou a massa e besuntou com o molho de tomate. Distribuiu sobre ela muçarela, tomate, azeitona e manjericão fresco. Por último, regou com azeite e levou ao forno. Mais vinte minutos e estaria pronta. *Pazienza*.

Enquanto esperava a pizza, sua atenção foi fisgada por um som que vinha da rua. Uma turma de *ragazzi* aparentemente bêbados que passava por ali tinha parado ao ver uma moça bonita regando plantas na sacada de um sobrado e improvisara uma serenata *a cappella*. Até que eram bons. O pai da garota apareceu na sacada, entrou de novo e, quando voltou, trazia um balde. Fez um gesto de quem jogaria água nos rapazes, mas de sua janela Catia conseguiu ver que o balde estava vazio. Ouviram-se gritos em protesto. A moça discutiu com o pai. A mãe apareceu também. Falava tanto e tão rápido que não dava para entender nenhuma palavra. Os ânimos se acalmaram. O pai impôs uma condição para que o espetáculo continuasse: que os rapazes cantassem *Io che amo solo te*. Pedido feito, pedido aceito. A pizza ficou pronta. Catia se serviu. Um, dois, três pedaços... Quando percebeu, tinha comido a pizza inteira. A serenata se transformara numa grande brincadeira, com o pai lembrando novas canções para os intérpretes de ocasião. De sua janela, Catia acompanhava a cena, inebriada pela aura de magia da noite romana. Observava encantada a garota, que ria sem parar, envaidecida, enquanto lançava olhares para um dos rapazes que lhe faziam a corte às vistas do pai. Havia no olhar dele malícia e também encantamento. Por instantes, Catia desejou estar na pele da garota. Será que ainda viveria a intensidade de uma paixão? Sua intuição dizia que sim.

    Uma nova vida estava prestes a começar quando ela voltasse para o Brasil. Aquariana convicta, Catia olhava sempre para o futuro. E foi pensando assim que, no dia seguinte, pegou o voo de volta para o Brasil. Sem se lamentar, agradeceu à cidade por cada momento que passou ali. Mas levaria consigo uma palavra marcada em sua mente: *seguiamo*.

Receitas

Pizza marguerita

Massa:

100 g de fermento biológico fresco
1 colher (chá) de açúcar
1 colher (sobremesa) rasa de sal
1 copo (240 ml) de leite
1 kg de farinha de trigo
¾ de copo de óleo
1 ovo

Molho:

6 tomates pelados
1 cebola picada
1 dente de alho pequeno
Salsinha a gosto
Sal a gosto
Azeite a gosto
Pimenta-do-reino a gosto

Cobertura:

700 g de muçarela
Rodelas finas de tomate
Azeitona a gosto
Manjericão fresco
Uma pitada de orégano

Desmanche o fermento no açúcar misturado com o sal e coloque o leite e um pouco de farinha para formar uma pasta. Deixe a esponja crescer por 20 minutos. Depois desse tempo, junte o óleo, o ovo e adicione o restante de farinha de trigo até desgrudar totalmente das mãos. Deixe crescer até dobrar de volume.

Para o molho, bata todos os ingredientes no liquidificador e reserve.

Abra a massa bem fina como massa de pastel em mesa enfarinhada e corte em círculos. Coloque sobre cada disco 1 colher (sopa) de molho pronto, espalhe e leve para assar em forno preaquecido a 180 ºC, até secar bem.

Você pode usar a quantidade que quiser da massa, e o restante deixar em um pote bem fechado na geladeira por até sete dias.

Junte um pouco do molho de tomate fresco, o suficiente para uma fina camada de molho; espalhe a muçarela, as rodelas de tomate, as azeitonas, o manjericão fresco e o orégano.

Leve ao forno até derreter totalmente a muçarela.

2.

CATIA JÁ HAVIA PERCEBIDO QUE AS COISAS não iam bem fazia algum tempo. Dona Marly não era de falar muito. Sempre ocupada com a rotina da casa e a criação dos filhos, não parava um minuto. Mas, volta e meia, Catia percebia o olhar perdido da mãe, como se alheia a todas as atribulações de suas tarefas diárias, que envolviam a repetição nem sempre monótona dos mesmos afazeres domésticos: lavar, passar, cozinhar, fazer faxina, preparar a comida das crianças, buscá-las na rua no fim do dia para que se despedissem dos amiguinhos e se enfiassem debaixo do chuveiro, vistoriar o corpo dos filhos e conferir se não havia cascões, perebas, piolhos, checar se haviam feito as lições de casa, além de uma variedade de coisas que ela, como mãe zelosa, nunca deixava de fazer.

Foi num final de manhã, chegando da escola, que Catia recebeu a notícia. Achou estranho o almoço ainda não estar pronto. Mesmo com a cabeça cheia de problemas, dona Marly nunca havia deixado, nem por um dia sequer, de servir no horário a refeição para os filhos, que sempre estavam famintos depois de uma manhã de estudos.

Quando entrou na cozinha, viu a mãe de avental, de costas, encostada na pia, picando cebola. Chorava. Catia teve a impressão de que exatamente por isso picava cebola: para que o choro saísse com mais facilidade, para que ela vertesse, de uma só vez, todas as lágrimas que precisava colocar para fora, pois não teria muito tempo para se lamentar.

Os irmãos ainda não tinham aparecido em casa. Eles sempre demoravam mais a chegar, fazendo bagunça pela vizinhança, tocando campainhas e saindo correndo, para depois voltarem ao caminho certo.

— Aconteceu alguma coisa, mamãe? — perguntou Catia, preocupada.

Dona Marly enxugou as lágrimas com o punho, sem disfarçar. Depositou a faca sobre a pia, limpou as mãos no avental e puxou um banco para se sentar, de frente para a filha.

— Seu pai foi embora — disse, sem rodeios, enquanto alcançava a mão da garota, que estava parada de pé, de uniforme, à frente.

Catia tinha apenas nove anos, mas naquele momento soube que sua vida adulta começaria antes da hora. Não se lamuriou. Filha mais velha de quatro irmãos, tinha se acostumado desde cedo a assumir responsabilidades, como ficar de olho nos irmãos durante as brincadeiras. Na cozinha daquele sobrado aconchegante, mas sem grandes luxos, no silêncio que pairava entre Catia e dona Marly, estabeleceu-se um pacto: mãe e filha estariam sempre juntas para enfrentar as dificuldades.

A ausência da figura paterna e do respaldo financeiro que vinha com ela logo se fez notar. Como de costume, dona Marly tentou não demonstrar aflição. Não tinha nem tempo para isso. *Deus não dá um fardo maior do que o que a gente pode carregar*, costumava dizer. Catia nem percebeu como, em menos de duas semanas, já havia uma série de encomendas salgadinhos da dona Marly. Quituteira de mão-cheia, ela tinha começado a fazer bolos de aniversário, quibe, coxinha e sua grande especialidade: croquete de estrogonofe.

Moravam na Vila Romana, antigo bairro industrial paulistano onde vivia uma colônia de descendentes de italianos. A vizinhança não tinha muito dinheiro, mas era sempre festiva. Foi por causa dessa percepção que dona Marly se embrenhou no ramo dos salgadinhos. *Gente simples gosta de comer, quem faz dieta é rico*, repetia à exaustão. Catia e a irmã Carla ficavam até altas horas na cozinha ajudando a mãe a abrir a massa, rechear os salgadinhos, moldá-los. Eram momentos agradáveis em que as duas irmãs ouviam atentas às histórias que a mãe contava sobre os antepassados portugueses e italianos.

O negócio dos salgadinhos parecia ir de vento em popa, mas as despesas com a casa e os filhos pareciam não ter fim. *Dinheiro não dá em árvore, já as contas parecem brotar em tudo que é canto*, era outra frase que dona Marly costumava dizer. Chegava o fim do mês, e ela se punha a rabiscar cálculos em seu caderninho. Catia e Carla observavam a mãe, apreensivas, enquanto os irmãos mais novos, Carin e Reinaldo, dormiam o sono dos justos e inocentes.

Dona Marly sentava-se à mesa da cozinha e desatava a fazer sua contabilidade, tirava daqui, apertava dali, mexia acolá. E a conta não fechava nunca. Sempre faltava algum trocado. O que a deixava preocupada era a possibilidade de ter que sacrificar a educação dos filhos. Foi nesse momento que expandiu sua visão de executiva: ampliaria os negócios para arcar com a mensalidade dos quatro filhos, atingindo assim o ramo do corte e costura.

No dia seguinte, pôs-se de pé com o canto dos galos e decidiu levar os filhos à escola. Lá aproveitaria para conversar com a madre superiora, supervisora do colégio, e as demais freiras. Propôs um pacto com as religiosas: dali em diante, elas não teriam mais nenhuma despesa com ajustes, remendos e bordados nos hábitos, bem como em nenhum pano de prato ou toalha de mesa. Em troca, dona Marly pedia um bom desconto na mensalidade de sua prole.

A resposta veio dois dias depois. Aceitariam a proposta de dona Marly, a princípio como experiência. Se gostassem do serviço, fechariam o trato em definitivo.

— Vocês não vão se arrepender. Santo Expedito há de abençoá-las — disse dona Marly, emocionada, ao mesmo tempo em que levava a primeira muda de roupas para reparos.

Desse modo, dividida entre os cuidados com os filhos, a cozinha e a costura, dona Marly nem via o tempo passar. Acordava cedo e preparava o café dos filhos, que na sequência pegavam o caminho da escola. Durante o dia, esmerava-se nas tarefas domésticas e nos quitutes, além de cerzir os hábitos monásticos. À noite, quando todos os filhos já estavam quietos dentro de casa, fazia os últimos reparos nas costuras, à mão mesmo, pois o barulho da máquina atrapalharia a exibição de sua novela preferida, *Os ricos também choram*.

Catia e Carla também não desgrudavam os olhos da TV durante a exibição do melodrama mexicano. As irmãs costumavam recriar falas e gestos dos personagens. Dona Marly achava graça de toda a situação e não levava a sério quando a filha mais velha lhe dizia que um dia ainda estaria do outro lado da tela.

***

A vida transcorria sem grandes percalços na Vila Romana. A vizinhança era calma, alegre, acolhedora. O bairro era dominado por sobrados geminados, todos parecidos: sempre tinham um pequeno quintal com uma árvore em que a molecada se empoleirava para se esconder durante as brincadeiras ou para roubar frutas.

No sobrado de dona Marly, muitas histórias permeavam o correr dos dias, entre elas a do fantasma de uma menina queimada, que Carla jurava de pés juntos que aparecia de vez em quando para ela. Catia não levava muito a sério essas visões da irmã, mas a mãe dizia que não se devia menosprezar o mundo do além-túmulo. *A vida não termina aqui*, repetia sempre.

— Ah, vá, Carla. Para com isso! Você não vai me assustar! — dizia Catia.

— O que posso fazer, se eu vejo? Se pudesse, não via. Eu até rezo pra não ver, mas toda vez tá lá ela de novo.

— Mas ela é queimada, queimada mesmo?

— Queimadinha. Às vezes parece mais, às vezes menos. Mas é horrível. Horripilante. A cara toda deformada, os olhos soltando, parecem que vão escorrer. A pele cheia de pus.

— Ai, que horror! E ela nunca diz nada? Aparece toda vez e fica ali parada?

— Paradinha da silva. Agonizando, gemendo, urrando de dor — dizia Carla para, em seguida, fazer o sinal da cruz.

— Deus me livre!

Durante algum tempo, dias a fio, Carla pediu para dividir a cama com a irmã, pois encucara que a menina queimada dava um jeito de aparecer sempre que ela estava sozinha. Meio a contragosto, Catia aceitou. E assim as duas irmãs passaram semanas acotovelando-se e dormindo mal acomodadas, acordando com dores no corpo. Pelo menos Carla estava tranquila. A aparição da menina queimada já não a preocupava mais.

Eis que, certa noite, Carla levantou-se com sede e desceu até a cozinha para tomar um copo d'água. Caía uma tempestade. A energia havia caído e o bairro estava às escuras. Não se enxergava um palmo à frente do nariz, então Carla desceu e subiu as escadas com uma vela na mão. Quando voltou para o quarto, um raio caiu e acendeu um clarão na janela. Lá estava ela: a menina queimada. Carla deu um grito. Catia acordou assustada.

— O que foi? — perguntou Catia, exasperada.

— É ela! É ela! — disse Carla, apontando para a janela.

Catia olhou para a janela e notou um vulto. Arrancou a vela da mão de Carla e resolveu se aproximar para conferir quem estava ali. Não era a menina queimada, mas um homem de feições rudes, mal-encarado, provavelmente um bandido prestes a assaltar a casa. Catia deu um berro tão estridente que acordou todo mundo. Puxou a irmã pelo braço, passou no quarto ao lado, pegou os irmãos, e foram todos correndo para o quarto da mãe.

Dona Marly levantou atordoada. Não tinha noção do que estava acontecendo. Catia a pôs a par de tudo rapidamente, já esperando a reação da mãe: arrancar peça por peça de roupa do corpo. Sim, toda vez que passava por uma situação de forte estresse, dona Marly tinha um estranho comportamento: despir-se sem se dar conta do que estava fazendo. Não foi diferente naquela vez.

Catia e Carla não sabiam o que fazer. Sem energia nem telefone funcionando, não conseguiriam pedir socorro para os vizinhos nem para a polícia. Os irmãos mais novos começaram a chorar. Catia achou por bem pegar uma vassoura e trancar a porta do quarto da mãe, onde todos já estavam reunidos. Se o bandido entrasse ali, tomaria umas boas vassouradas. O único risco era ele estar armado. E assim, nesse estado de alerta, os cinco ficaram trancados no pequeno cômodo e passaram a noite em claro.

Quando amanheceu, Catia saiu para dar uma espiada. Nem sinal do bandido. Resolveu verificar se a linha de telefone já havia voltado. Discou, e o aparelho deu sinal. Mesmo sem saber se o bandido estava por perto ou não, resolveu ligar para a polícia. Só se sentiria segura quando os guardas lhe garantissem que ela e a família não corriam nenhum perigo.

Demorou alguns minutos para que ouvissem a sirene. Os policiais bateram à porta, e Catia atendeu. Eles avisaram que haviam feito uma varredura nos arredores e não tinham visto nada de irregular. Nesse momento, dona Marly ficou tão aliviada que correu em direção a um dos guardas e lhe deu um abraço. Minutos depois, ela nem se lembraria mais do episódio. Era sempre assim. A vida atarefada não permitia pausas para remoer pequenos incidentes do dia a dia.

O sol já havia nascido e era preciso voltar à vida normal. Dona Marly com seus afazeres, os filhos com os estudos.

— Ah, mãe, deixa a gente faltar hoje! A gente nem dormiu direito por causa do ladrão — imploravam Carin e Reinaldo, cujas súplicas foram negadas.

Naquele dia, todos foram regularmente à aula. O ocorrido da noite anterior era só um contratempo como outros que estavam por vir. Para dona Marly também seria um dia como outro qualquer: preparar o café e o almoço, além dos quitutes de festa, costurar, ajustar, bordar.

Durante a noite, enquanto esperava a novela começar, dona Marly foi esquentar o jantar. Quase não havia sobrado comida do almoço. Abriu a geladeira e pegou todo e qualquer ingrediente que via pela frente: ovo, cheiro-verde, salsicha em rodelas, o arroz e o feijão que já iria requentar. Numa grande panela, despejou um fio de óleo, fazendo primeiro os ovos mexidos. Depois a salsinha. Em seguida, o arroz e feijão. Mais uma pitada de sal. Misturou tudo bem misturadinho e salpicou com cheiro verde. Pronto. Ali surgia seu famoso mexidão. Catia, Carla, Carin e Reinaldo comeram até lamber os beiços e, no final, brigaram para raspar a panela.

Dona Marly olhou a confusão de longe, alegre, sem os recriminar. Estava cansada demais para apartar qualquer briga e, nesses momentos, quando algum dos filhos lhe pedia que atuasse como advogada de defesa, ela bradava *Aquele que tiver a boca maior que engula o outro*. Voltou para a novela. Catia deitou no colo da mãe, esperando cafuné. Enquanto os irmãos se engalfinhavam pela panela, ela perguntou:

— Mãe, desde que o papai foi embora, eu só vi você triste uma vez, justamente no dia em que ele partiu. A senhora não sente vontade de chorar um pouco, de reclamar mais das dificuldades da vida?

A mãe passou os dedos pelos cabelos castanho-escuros da filha mais velha.

— Olha, minha filha, sentir eu até sinto. Mas, se eu fraquejar, quem é que vai dar conta disso tudo aqui? Quem é que vai pensar em mim, em vocês? A vida é incompreensão. É melancolia. Mas também é luta. É suor. É alegria. É amor. É amizade. — Dona Marly respirou fundo e continuou... — Em vez de desistir, a gente deve resistir. Tempestades sempre existirão. Quando aparece um problema, tento não pensar muito no tamanho dele, já que vou ter que enfrentá-lo de qualquer jeito. Tenho um lema que é o seguinte: "Não pensa muito. Foca e faz".

Ao ouvir aquelas palavras, Catia sentiu uma profunda admiração pela mulher que acariciava seus cabelos. Quis dizer o quanto a amava, mas não sabia como. De certo modo, sentiu que não era necessário. As lágrimas que caíam no colo de dona Marly a deixavam ciente do carinho e do respeito que a filha nutria por ela.

Receitas

CROQUETE DE ESTROGONOFE

2 dentes de alho picados
2 cebolas picadas
500 g de patinho moído
2 tomates sem pele nem semente picados
1 lata de creme de leite
2 colheres (sopa) de ketchup
2 colheres (sopa) de mostarda
1½ xícara (chá) de farinha de trigo ou o necessário para dar liga
Ovo para empanar
Farinha de rosca para empanar
Óleo para fritar

    Frite o alho e a cebola e junte a carne, acrescente os tomates; deixe refogar. Inclua o creme de leite, o ketchup e a mostarda e deixe levantar fervura. Acrescente a farinha e mexa, até soltar do fundo. Deixe esfriar e modele os croquetes, de preferência pequenos (aproximadamente 4 centímetros). Empane passando no ovo e depois na farinha de rosca. Frite em óleo quente, o suficiente para que os croquetes estejam imersos.

3.

QUANDO O VOO DE CATIA ATERRISSOU NO aeroporto internacional, Carla já esperava a irmã no saguão de desembarque. Como sempre, elas não foram nada discretas nas demonstrações de carinho ao se encontrar. Gritinhos e dancinhas eram um sinal de que a relação das duas continuava igual. Deram um abraço longo e apertado. Antes de se desgrudarem, Catia notou a presença de Nery, ao longe.

— Ué, você não me falou que o Nery vinha — disse Catia.

Carla virou-se e viu o amigo de Catia, que trabalhava com ela como assistente de direção no programa de TV, parado no saguão.

— Mas ele não me disse nada! — respondeu Carla.

As irmãs foram até ele.

— Nery! — disse Catia, entusiasmada.

— Catia! Gente! Você chegou hoje? — indagou Nery.

— Agora. Agorinha. Acabei de chegar. Achei que tinha vindo me ver, mas pelo visto...

— Não, querida. Na verdade, não. Estou esperando por um amigo — disse Nery, em um tom de voz contido.

— Um amigo? — instigou Catia.

— É. Um amigo.

— Então tá. Já vi que você não quer falar sobre esse tal amigo. A gente tá indo, né, Carla?

— Ah, não! Agora eu quero saber quem é esse tal amigo! — respondeu Carla, enfática.

— Carla, deixa de ser enxerida. Nery não quer falar, é direito dele.

— Que isso, Nery? Tá guardando segredo pra mim agora? A gente sempre foi unha e carne.

— Não é bem segredo, Carla...

Antes que concluísse a frase, alguém gritou o nome de Nery ao longe. Os três olharam na direção do saguão de desembarque e avistaram um rosto conhecido – o homem usava um elegante sobretudo e puxava uma mala de rodinhas. Carla e Catia se entreolharam, surpresas.

— Rodrigo Riccó?! — perguntaram, ao mesmo tempo.

— É. Ele mesmo — respondeu Nery.

— E o que é que esse salaf... esse senhor tá fazendo aqui? — Catia quis saber.

Nery não teve tempo de responder à pergunta. Rodrigo chegou, e os dois trocaram um abraço demorado. Então, Rodrigo cumprimentou as irmãs.

— Ora, ora... Não sabia que tava tão bem cotado assim. Carla e Catia Fonseca em carne e osso para me dar boas-vindas — disse ele, num tom bonachão.

— Tudo bem, Rodrigo? — cumprimentou, simpática, Carla.

— Como vai? — disse Catia, num tom mais seco. — Pelo visto, continua se achando como sempre, né? Não tô aqui pra receber ninguém, não, fofo. Acabei de chegar de viagem e tô exausta. Vambora, Carla. Quero chegar logo em casa e tomar um bom banho pra tirar essa inhaca do voo e do ambiente carregado desse aeroporto. Até mais, Nery.

— Bom te ver, Catia — disse Rodrigo, antes que as duas irmãs se virassem.

Catia não respondeu. Apenas deu um sorriso de canto de boca e saiu.

***

Carla ligou o rádio do carro. A voz grave de Ana Carolina começou a cantar "é isso aí, como a gente achou que ia ser, a vida tão simples é boa, quase sempre". Para Catia, estar de volta era bom e estranho ao mesmo tempo. Seria a primeira vez, em muito tempo, sem um porto para ancorar, sem uma casa para chamar de sua. Lembrou-se do dia do embarque, quando pegou as malas e passou a chave na porta do apartamento. Era a última vez que usaria aquela chave. Muita coisa ficara ali dentro: histórias, risadas, receitas culinárias feitas pela primeira vez. Foi naquele apartamento que os filhos cresceram, que ela se olhou no espelho e viu o primeiro fio de cabelo branco. Celebrações, desapontamentos, surpresas. Aquelas paredes guardavam toda uma variedade de emoções que haviam ficado para trás. Sem pesar. Na ida para o aeroporto, tinha pedido ao taxista que parasse no caminho. Descera e jogara a chave no lixo. "Os passos vão pelas ruas, ninguém reparou na lua, a vida sempre continua."

Catia estava tão envolta em pensamentos que só percebeu que havia algo diferente quando Carla estacionou o carro em frente a uma charmosa casa de vila em Pinheiros.

— Carla, por que você parou aqui na casa do Léo? Você não ia me deixar no apart-hotel? — perguntou, sem entender por que a irmã a estava deixando na casa do produtor do programa.

— Vem comigo. No caminho eu explico — respondeu Carla.

Catia entrou no sobrado e deu de cara com Léo, João e Chico.

— Surpresa! — disseram os três, em uníssono.

Havia uma mesa farta com comes e bebes e uma faixa de boas-vindas. Catia ficou feliz com a recepção, mas percebeu que estava um pouco estressada. Adorava Léo, o marido dele e o filho do casal, de vinte anos, mas tudo o que queria depois de quase dez horas de viagem era descansar. Passou um tempo colocando a conversa em dia com os amigos, mas, assim que surgiu uma brecha, ela praticamente implorou à irmã que a deixasse no apart-hotel.

Nesse momento, Léo interveio:

— Catia, Catita, escuta... A gente ficou aqui pensando enquanto você tava na Itália. Você não acha melhor, nesse tempo em que você tá procurando um lugar pra morar, ficar hospedada...

— Gente, o que é que vocês estão inventando? — interrompeu Catia.

— Hotel é uma coisa tão impessoal — continuou Léo. — A gente achou que aqui, num lar, cercada de pessoas que te amam, você teria um ambiente melhor para recomeçar do que num lugar onde os outros mal te dão bom-dia ou te olham na cara.

— Léo, eu agradeço muito a gentileza de vocês, mas isso não tem cabimento! Imagina! Ficar hospedada aqui na casa de vocês! Você e o João têm uma rotina de anos de casados, têm o Chico também. Eu não quero invadir a privacidade de ninguém.

— Foi ideia minha você vir pra cá — disse João. — E todo mundo achou o má-xi-mo!

O rapaz confirmou:

— É, tia! Fica!

Catia não sabia o que dizer, então permaneceu em silêncio. O convite era a coisa mais generosa que ela podia esperar dos amigos num momento como aquele. Depois da separação, tinha recusado o pedido da irmã para voltar a viver com ela e a mãe no sobrado da Vila Romana. Também não quis morar com os filhos, que estavam começando a vida adulta e certamente gostariam de manter sua privacidade.

— Eu falei que ia ser difícil convencê-la. Conheço essa mulher há mais de quarenta anos. Turrona que só ela — disse Carla.

— Catia, você não vai morar aqui pra sempre. Essa casa é gigantesca — ponderou Léo.

— É, tia, relaxa. Tem dias em que a gente nem se esbarra — disse Chico.

— Pensa bem. Esse não é o melhor momento pra você ficar hospedada num hotel — opinou Léo. — A gente te conhece, sabe o quanto você é *workaholic*, sabe que você ia fazer do seu quarto um segundo escritório. Aqui tem calor humano. Tem cheiro de café fresco. Tem bolo de fubá, que você vai fazer, hahaha.

— Ah, agora tô entendendo tudo — disse Catia, em tom de brincadeira. — Então tá. Nesse caso, eu fico. — Antes que todos começassem a gritar e dar pulos de euforia, Catia concluiu: — Por enquanto. Minha estada aqui vai ser breve. Preciso encontrar o quanto antes um lugar pra chamar de meu.

***

No primeiro dia de volta ao trabalho, Catia sentiu um frenesi assim que pisou no estúdio. Estava acostumada com aquele universo – afinal, fazia mais de vinte anos que trabalhava à frente das câmeras, conversando diariamente com o telespectador –, mas a adrenalina fazia parte do cotidiano.

Tinha a convicção de que apresentar um programa de quatro horas diárias, o tempo todo ao vivo, não era para amadores. Às vezes tudo saía como o planejado, já outras... E nesse imprevisto também estava a graça da atração. Porque, assim como a vida, seu programa era aberto ao inusitado, ao acaso. Não foram poucos os momentos em que, tal qual a bailarina equilibrista no meio-fio, ela teve que demonstrar jogo de cintura. Como no dia em que um cantor resolveu abandonar o estúdio no meio da apresentação, na ocasião em que um canhão de luz despencou e feriu a mão de um artesão ou naquela outra vez em que um câmera desmaiou. A bailarina se desconcentra, dança fora do tom, mas volta à baila, nunca perde o rebolado. Quer dizer, quase nunca. O que Catia não sabia é que a notícia que receberia no dia de seu retorno às gravações do programa a faria perder não só o rebolado, como o bom humor.

Chegou como sempre chegava. Mas, como não via os colegas fazia quase quarenta dias, parou mais demoradamente com um ou outro, pôs o papo em dia com a apresentadora Mamma Bruschetta, que participava do programa comentando novelas e falando sobre a vida de celebridades, e seguiu a rotina normal. Catia leu as notícias do dia, conversou com a equipe sobre as pautas e sobre quais eram os convidados, concentrou-se no camarim enquanto era maquiada, enfim, o de sempre. Estava tão concentrada lendo o perfil de uma nova musa do funk, que seria a atração do dia, que não percebeu o buchicho que se formou atrás dela, entre Carla, Léo e Nery. Os três disputavam na sorte – ou talvez fosse mais correto dizer "no azar" – quem seria o portador da notícia. Dois ou um. Saiu Carla. Par ou ímpar. Léo venceu e se livrou da missão.

Nery se aproximou, pisando em ovos. Catia, de frente para o espelho, viu a imagem do amigo atrás dela.

— O que foi, Nery? Que cara é essa? Morreu alguém?

— Que isso, Catia! Ninguém morreu. Pelo contrário, tá todo mundo muito vivo e feliz com sua volta. Mais um ano de programa. Já são quantos anos que você tá no ar mesmo?

— Catorze. Lá se vão catorze anos.

— Então, você lembra aquela conversa que a gente teve antes de você viajar? De o programa precisar dar uma reformulada e tal. Sabe como é, né? Em catorze anos, muita coisa muda, o público muda. Até você mudou bastante.

— Sim, e daí?

— E daí que os executivos tiveram a brilhante ideia... — Nery parou, como se estivesse engasgado.

— A brilhante ideia...? — Catia o estimulou a continuar.

— De contratar uma nova pessoa para assumir a direção-geral do programa.

— Olha! Que ótimo! E quem é o novo diretor?

— Ah, é um cara muito legal, que tem uma cabeça muito aberta, uma visão arrojada, trezentos e sessenta graus, sabe como é?

— Sei. E esse cara muito legal e de cabeça muito aberta tem nome?

Nery não teve tempo de responder. Rodrigo deu dois toquinhos na porta, que abriu em seguida.

— Como é que estão as coisas? Tudo pronto? O programa entra no ar em seis minutos.

Nery disse, por fim:

— Taí. O nome dele é Rodrigo Riccó.

Receitas

Bolo de fubá

1 colher (sopa) de erva-doce
2 copos (180 g cada copo) de fubá
2 copos de açúcar
2 copos (240 ml cada copo) de leite
¾ de copo de óleo
Uma pitada de sal
4 ovos (claras e gemas separadas)
1 colher (sopa) de fermento em pó químico

 Coloque na panela os seis primeiros ingredientes e leve ao fogo baixo, até formar uma mistura homogênea e a massa soltar do fundo da panela. Deixe esfriar. Junte as gemas. Bata as claras em neve, junte à massa cozida e fria e acrescente o fermento em pó. Disponha em uma forma untada e leve ao forno preaquecido a 180 °C para assar.

4.

— Vê um tantico de pimenta-do-reino, seu Pereira!

Rayanne entrou apressada no armazém, pois havia deixado o peixe na brasa. Pereira, proprietário do lugar, velho conhecido, pegou uma embalagem do tempero industrializado e lhe entregou de pronto.

— Ai, credo! Vou colocar esse pó no peixe, não! Quero da outra, que é fresca.

— Ah, sim! Tá no balde! — disse o homem, entregando a pimenta fresca.

— Anota aí, seu Pereira. Final do mês a gente acerta. Já me vou que mãinha tá brocada.

Rayanne pegou a especiaria e apertou o passo, ligeira. Ali no Oiapoque, extremo norte do Brasil, tudo era perto. Nada era longe de nada. As pessoas contavam a distância por minutos. O pronto-socorro ficava a dez minutos da ponte; a escola municipal, a quinze minutos da igreja matriz; e assim ia. O armazém do Pereira não ficava nem a cinco minutos de casa, mas Rayanne não pensou duas vezes antes de abrir o guarda-sol. Quase duas da tarde, fazia um calor de queimar a moleira. Mesmo sendo época de cheia, a chuva só vinha no fim da tarde para dar uma refrescada no ambiente.

O almoço estava atrasado. Não era hábito comer tão tarde, mas Rayanne havia chegado fazia pouco tempo da escola em que dava aulas para crianças do ensino fundamental. A mãe também trabalhava fora e só ia para casa na hora de comer. Apertou o passo, entrou rápido. Virou o tucunaré que estava na brasa.

— Mãinha, liga logo a TV que vai começar o programa de Catia. Ela volta de férias hoje.

Dona Jurema atendeu ao pedido da filha e, em seguida, trocou a toalha da mesa a que iriam se sentar para comer.

— Prove um pedaço — disse Rayanne, entregando uma lasca do peixe para a mãe. — Tá bom?

— Hum. Uma delícia, minha filha. Pusesse alguma coisa diferente?

— Pimenta-do-reino, mas empanei antes na uarini. Por isso ficou crocante. Gostasse?

— Você ainda pergunta? E como foi na escola hoje?

Rayanne baixou a cabeça quase involuntariamente.

— O de sempre.

— Tô sentindo você um pouco tristinha.

— Você sabe, né, mãinha? Eu adoro criança, adoro o trabalho que tenho, mas tem horas que me bate uma coisa, uma vontade de conhecer o mundo, de pegar um barco e remar, remar e parar lá do outro lado do mundo.

Aquela conversa não era novidade para dona Jurema. Embora amasse a cidade onde morava e cozinhasse como ninguém as comidas da região, Rayanne sempre dizia que parte dela se sentia meio estrangeira no lugar em que nascera.

— Tira essas ideias da cabeça, minha filha. Seu mundo é aqui. Você nasceu na beira desse rio que tu vê dessa janela. Tua força tá aqui.

— Eu nunca vou deixar o Norte. Mesmo me mudando daqui, vou levar cada pedacinho da floresta comigo. Já pensou eu fazendo um tacacá no Cordon Bleu?

— Cordão o quê, minha filha?

— Cordon Bleu — respondeu Rayanne, fazendo biquinho. — A escola de culinária mais famosa do mundo. Fica na França, lá na caixa do prego.

— Te aquieta, menina. Traz logo a comida e senta aqui que Catia já vai entrar.

Rayanne tirou o peixe da brasa. Dona Jurema ajudou a colocar a mesa. O cheiro da comida perfumou o casebre. Por mais que quisesse colocar panos quentes na vontade de Rayanne de correr o mundo, dona Jurema sabia que a filha, que tinha fogo nas ventas, não era dada a cabrestos. Sentaram-se. O programa ia começar.

***

— Como é, Nery? — disse Catia, levantando-se da cadeira e ficando cara a cara com Rodrigo. — Você tá me dizendo que o novo diretor...

— Sim, o novo diretor do programa sou eu — interveio Rodrigo.

— Desde quando você tá sabendo disso, Nery?

— Er... já tem um tempinho — respondeu o amigo.

— A Carla sabe disso? O Léo? Bem que eu percebi um clima estranho entre vocês.

— Catia — interrompeu Rodrigo — sem querer ser indelicado, até porque, como você sabe, eu sou uma flor de pessoa, você tem três minutos para entrar no ar.

— Uma flor de pessoa... Sei. Conheço bem o tipo de flor que você é, Rodrigo Riccó. Já ouviu falar em flor-cadáver? — cutucou Catia.

— Flor-cadáver?

— Depois pesquisa na internet... Quem sabe a gente não faz uma matéria pro programa? São plantas com uma característica bem peculiar. Não cheiram nada bem. É uma espécie natural da Bélgica, mas já temos até algumas que se reproduziram no Brasil. Ouvi dizer que a última muda veio direto de Portugal.

Catia se virou para o espelho e deu uma última ajeitada no cabelo.

— Vamos ao programa, porque eu sou profissional e não vou deixar meu público me esperando — concluiu, saindo do camarim para o estúdio.

— Essa sua amiga, hein? — disse Rodrigo. — Pelo visto, continua intratável.

— Você também não é nenhum santo e sabe disso — respondeu Nery. — Mas eu boto fé que com o tempo as coisas se ajeitam.

***

Às quartas-feiras, dona Marly batia ponto no Ceagesp. Chegava religiosamente às oito e quinze. Parava antes na barraca do coreano, pedia uma empadinha de palmito e a saboreava enquanto tomava caldo de cana com limão. Depois, perdia-se pelos corredores, demorava-se nas barracas de hortaliças, carnes, queijos e outras coisinhas que ela só encontrava ali no entreposto. Escolher o alimento fresco que faria parte das refeições de sua família pela próxima semana era quase um ritual. Por isso, dona Marly deixava-se guiar pela diversidade de cores, cheiros e sensações daqueles armazéns. Escolhia com cuidado o melhor pescado, o pêssego mais suculento, a azeitona preta mais vistosa.

Frequentadora assídua, era velha conhecida dos feirantes, que faziam questão de sempre lhe dar um agrado ou um chorinho, como costumavam dizer. "Experimenta esse morango, dona Marly, veja como tá mais doce que mel." "É oito o quilo, mas pra senhora eu faço por sete e meio." "Tá seis a dúzia, mas coloquei mais uma de brinde."

Tanta bajulação fazia com que saísse sempre com o carrinho abarrotado, embora tivesse o cuidado de não levar nunca mais do que o necessário. Lembrava-se bem dos tempos de vacas magras, e esbanjar era uma palavra que não fazia parte de seu vocabulário. Quer dizer, quase nunca. A única perdição de dona Marly eram as flores.

E era justamente a feira de flores – a maior do país, diga-se – a última parada de dona Marly. Ali gastava seus trocados com rosas, margaridas, girassóis, violetas, tulipas, orquídeas. Enfeitava a casa, presenteava os vizinhos e ainda levava umas mudas para plantar no jardim. Era sempre atendida por Jeferson, rapaz de vinte e um anos, de quem já havia se tornado amiga e, por vezes, até conselheira amorosa.

— Jeferson, tem uma mudinha de árvore-da-felicidade aí?

— Opa! Tá na mão, dona Marly! — disse ele, entregando a muda.

— E aquela moça do celular? Conseguiu marcar o encontro?

— Tá embaçado. Tô jogando o maior xaveco na mina pra gente tomar uma breja, mas até agora nada.

— Parte pra outra. A fila anda, não é assim que vocês costumam dizer?

— Pode crer, dona Marly. *No flow*.

— E a faculdade? Tudo certo?

— Último ano. Sabe como é, né? Osso. Trampo, facul... Ainda tenho que me virar pra arrumar estágio.

— Você faz faculdade de que mesmo, meu filho?

— Rádio e TV.

— Poxa! Vou falar com a minha filha. Quem sabe ela não arruma um estágio pra você no programa dela?

— Tá falando sério, dona Marly? Que daora! Pô, se a senhora conseguir, eu nem sei como vou agradecer.

— Calma, não crie expectativas ainda. Deixa eu conversar com ela primeiro.

— Firmão. Mas, ó, brigado. Brigado mesmo.

Antes de chamar um táxi pelo aplicativo, dona Marly ainda passou na barraca de tapioca e pediu uma de leite condensado com coco. *No capricho*. A incursão pelo Ceagesp era sempre assim: ela perdia a noção do tempo. Estava varada de fome e não via a hora de chegar em casa, guardar as compras, fazer o almoço e plantar suas mudinhas no jardim.

Receitas

EMPADINHA DE PALMITO

MASSA:
250 g de margarina ou manteiga
1 ovo
1 xícara (café) de água
500 g de farinha de trigo
1 colher (sobremesa) rasa de sal

RECHEIO:
½ xícara (chá) de óleo
4 dentes de alho picados
2 xícaras (chá) de cebola picada
3 tomates sem semente
1 vidro (540 g) de palmito (ou quantidade equivalente de camarão)
10 azeitonas verdes picadas
2 colheres (sopa) de amido de milho
1 colher (café) de molho de pimenta
1 colher (sobremesa) de sal
1 copo de leite
Noz-moscada e salsinha picada a gosto
2 ovos cozidos
1 gema
Sal a gosto

Junte todos os ingredientes da massa e mexa bem até soltar das mãos. Leve para a geladeira por 30 minutos.

Para o recheio, esquente o óleo, coloque o alho e espere começar a dourar. Junte a cebola e refogue bem; ponha o tomate e deixe no fogo até desmanchar. Coloque o palmito picado e deixe refogar um pouco. Acrescente a azeitona. Dissolva o amido de milho, a pimenta e o sal no leite, junte a mistura da panela e deixe cozinhar por uns minutos. Quando desligar o fogo, coloque a salsinha, a noz-moscada e os ovos bem picados, mexa e reserve. Monte com o recheio frio.

Forre as forminhas com a massa, não muito grossa, coloque o recheio e depois feche muito bem com uma tampinha feita com a massa. Pincele com a gema batida e leve para assar a 180 ºC até dourar.

5.

Catia chegou esbaforida à recepção. Ficara sabendo na última hora por colegas da faculdade do teste que estava rolando numa emissora de TV para uma vaga de repórter de programa esportivo.

— É aqui que vai ter um teste para repórter...?

A recepcionista nem esperou Catia concluir a frase. Pelas contas, ela devia ser a trigésima quinta pessoa que lhe fazia a mesma pergunta. No entanto, ela achou importante avisar:

— É aqui, sim, mas a vaga é para repórter de esportes.

— Eu sei disso — respondeu Catia.

— Mocinha, não me leve a mal...

Dessa vez quem não esperou a frase ser concluída foi Catia.

— Tá escrito em algum lugar que eu não posso me candidatar à vaga?

— Não... — tentou ponderar a recepcionista.

— Esta é a ficha que eu tenho que preencher? — perguntou a jovem, já pegando o papel que estava em cima do balcão.

Procurou um lugar para se sentar. Não encontrou. Olhou ao redor. Era a única garota no meio de um covil de homens. Esporte não era sua praia, tinha consciência disso. Mas também tinha consciência de que não se nasce sabendo; aprendera com a mãe a nunca pensar no tamanho do problema. Foca e faz.

Apoiou a ficha contra a parede. Começou a preencher os dados básicos. Nome, documentos, idade, altura, faculdade, experiências anteriores. Empacou nesse item. Cursava rádio e TV, mas ainda não tinha experiência no meio. Deixou o espaço em branco enquanto pensava em como preenchê-lo. Um rapaz foi chamado, deixando livre uma parte do assento, e Catia sentou-se entre dois desconhecidos. Tirou da bolsa um livro e começou a ler.

— O que é impedimento? — perguntou de repente, virando-se para o rapaz da esquerda.

— O quê? — Ele reagiu surpreso.

— Desculpa, qual é seu nome? — emendou Catia, ao perceber que tinha esquecido os bons modos.

— Nery — disse o rapaz.

— Prazer, Nery. Meu nome é Catia. É que eu tô aqui me preparando para o teste e, se tem uma coisa que eu nunca entendi direito, é o que é o tal do impedimento. Até peguei esse livro numa biblioteca perto de casa, mas tô achando meio fraquinho...

Catia não terminou a explanação. Uma sonora gargalhada invadiu a sala. Era outro rapaz, o que estava ao lado direito, que ria descontroladamente.

— Aconteceu alguma coisa? — quis saber Catia.

— Moça, não me leva a mal, mas aqui não é seu lugar. Futebol é assunto de homem. Onde já se viu querer aprender futebol lendo livro? Futebol é vida real, esquece isso aí. Pra entender, tem que jogar muita pelada, tem que esfolar a canela, tem que apanhar por causa de briga de time.

— Ah, é? E qual é mesmo seu nome?

— Rodrigo.

— Rodrigo, eu posso estar distraída, mas eu não me lembro de ter te chamado para a conversa.

A resposta de Catia, dita em alto e bom som para fazer jus à interferência pouco discreta do rapaz, fez todo mundo que estava na recepção gargalhar. Gritinhos de "toma, distraído!" ecoaram aqui e ali. A recepcionista teve que intervir e pedir silêncio.

— Tá certo. Desculpa se fui intrometido, mas é que eu fui com sua cara. Fiquei com pena de te ver tão ingênua, achando que poderia conseguir uma vaga...

— Posso conseguir qualquer vaga desde que eu tenha competência pra isso. Você é que, em sua redoma machista, acha que existe assunto de homem e assunto de mulher.

— Calma, gente! — disse Nery, tentando amainar os ânimos.

— Então tá, belezura! Vai lá fazer o teste. Quando o diretor pedir pra você narrar um impedimento, você pede pra ele esperar um pouco, abre esse seu livrinho aí e vê no que dá!

Catia tinha uma resposta à altura na ponta da língua, mas, antes que pudesse desferi-la como um tiro certeiro, foi interrompida por uma voz gritando "Rodrigo Riccó". Tinha chegado a vez de ele fazer o teste.

— Você conhece esse ogro? — perguntou Catia a Nery.

— Conheci aqui. A gente trocou uma ideia antes de você chegar — respondeu, lacônico.

O ambiente voltou ao silêncio anterior, mas o pavio da discórdia fora aceso. Como todos ali estavam compenetrados para o teste, quase ninguém percebeu que uma eletricidade explosiva havia sido instaurada entre Catia e Rodrigo. Quase ninguém. Nery percebeu.

***

Como esperado, Catia não se saiu bem no teste. Ligou alguns dias depois para saber o resultado e ouviu o óbvio: não havia passado. Quis saber quem tinha sido escolhido, mas a secretária não lhe deu a informação.

Os dias seguintes foram de intensas atividades divididas entre a faculdade e o emprego de recepcionista que arrumara pouco tempo antes numa rádio. O raro tempo livre era dedicado a ajudar a mãe na rotina da casa. O negócio dos quitutes para festa prosperava a olhos vistos.

Foi num fim de noite, quando já estava quase dormindo sentada enquanto juntava a carne moída com o trigo para uma encomenda de quibe assado, uma das especialidades da mãe, que escutou o telefone tocar.

— É pra você, Catia! — gritou Carla da sala.
— Pra mim? Quem é?
— Não sei — respondeu a irmã.
— Você também, hein, Carla?! Custa perguntar quem é antes de falar se eu estou? — disse, pegando o aparelho. — Alô?
— Oi, Catia. É o Rodrigo.
— Que Rodrigo?

Catia precisou se sentar, estupefata, quando a voz do outro lado respondeu:
— Rodrigo Riccó.
— Oi. Lembro de você, sim — disse, sem graça. — Como você conseguiu meu telefone?
— Nery. Ele me passou — respondeu Rodrigo.

Catia tinha simpatizado com Nery e passara seu telefone a ele, mas nunca poderia imaginar que ele o repassaria a Rodrigo.
— Você quer falar comigo? Desculpa, mas eu não tô entendendo...
— Eu passei — disse Rodrigo.

Naquele momento, caiu a ficha de Catia. O brucutu havia passado no teste e estava ligando para tripudiar dela. Tentou manter a voz firme.
— Ah, parabéns. É só isso? Você me ligou para dizer que passou?
— Não. Na verdade já vai fazer quase um mês que eu tô trabalhando como repórter. Você ainda não me viu na TV?

Não. Catia não havia visto e, mesmo se tivesse, responderia que não.
— Então, amanhã cai meu primeiro salário e pensei em chamar você pra jantar. Tipo uma comemoração, sabe?

Catia não estava entendendo nada. Rodrigo Riccó queria comemorar o primeiro salário convidando ela para jantar? Ficou muda.
— Alô? Você ainda tá aí? — perguntou Rodrigo.
— Tô. Tô, sim — respondeu Catia.
— Então, quer jantar comigo amanhã?

Sem saber o que responder, Catia disse:
— Tá, pode ser.
— Fechado, então. Me dá seu endereço que eu passo amanhã aí pra te pegar.

***

Catia não entendia muito de restaurantes chiques, mas, ao entrar no lugar em que jantaria com Rodrigo, pensou que o salário de repórter esportivo devia ser bom. Teve certeza disso quando passou o olho pela carta de vinhos.

— Já escolheram? — O *maître* quis saber.

— Ainda não, mas pode trazer uma taça de vinho tinto da casa pra mim, por favor — respondeu Rodrigo.

— E para a senhorita?

— Uma laranjada — respondeu Catia.

— Achei que você não ia querer me encontrar — disse Rodrigo.

— E por que você achou isso?

— Ah, sei lá. Digamos que nosso primeiro encontro não foi lá muito cordial.

— Digamos que *você* não tenha sido muito cordial — alfinetou Catia.

— Eu? Eu só quis poupá-la de futuras decepções. Mulher e futebol são coisas que definitivamente não combinam.

Catia sentiu que havia caído numa armadilha, que aquele jantar era, na verdade, uma falsa comemoração para que Rodrigo tirasse sarro da cara dela. Por outro lado, sentia uma espécie de interesse genuíno da parte dele em sua presença. Estava confusa e, por isso, resolveu se controlar às primeiras provocações dele.

Passou um tempo calada, sem saber como se portar, retraída, alvo do olhar insistente de Rodrigo. O garçom serviu as bebidas.

— Você é sempre calada assim? — perguntou Rodrigo.

— Olha, "calada" não é um adjetivo que as pessoas costumam usar pra se referir a mim. — Catia respirou fundo e resolveu abreviar a situação: — Vem cá, Rodrigo. Não sei por que você me convidou pra jantar. Também não sei por que aceitei. Mas o fato é que isso não faz o menor sentido. Tô indo embora — respondeu, enquanto se levantava.

Rodrigo pegou na mão dela.

— Calma! Ei, calma! Eu te chamei porque, apesar de tudo, eu gostei de você.

— Apesar de tudo?

— É. Apesar de você ser assim, meio da pá-virada...

— Pá-virada? Então uma mulher que tem opinião pra você é da pá-virada?

— Eu disse isso?

— Não disse, mas deu a entender.

— Catia, este é seu problema: você sempre tira conclusões precipitadas. Eu só acho que futebol é papo de homem. Cozinha, por exemplo, é papo de mulher. Eu, se entrar numa cozinha, não sei nem onde fica a louça. Já chego com a comida pronta, quentinha, em cima da mesa.

— Como é que é? — questionou Catia, aumentando o tom de voz.

— O que foi? Falei alguma coisa que não devia?

Catia não respondeu. Pegou o copo de laranjada e tacou na cara de Rodrigo. Saiu em disparada. Da mesa, Rodrigo gritou:

— Ei! Volta aqui!

Catia atendeu ao chamado de Rodrigo. Deu meia-volta. Pegou a taça de vinho e acertou em cheio na cara dele. Feito isso, saiu determinada, porta afora.

Receitas

Quibe assado

Massa:
700 g de trigo fino para quibe
1 kg de carne bovina moída
Sal a gosto
Uma pitada de pimenta síria
1 maço de hortelã
2 cebolas médias
50 g de manteiga

Recheio:
2 cebolas médias bem picadas
500 g de carne bovina moída
Óleo
1 maço de salsinha picada
1 maço de hortelã
Sal a gosto

Lave o trigo, deixe de molho por 20 minutos, esprema para tirar o excesso de água e reserve. Pegue a carne, junte o trigo, o sal, a pimenta síria, a hortelã e a cebola e moa ou processe. Amasse bastante com as mãos.

Para fazer o recheio, refogue a cebola no óleo, deixe dourar, coloque a carne moída, o sal e deixe refogar bem. Deligue o fogo, junte a salsinha e a hortelã e mexa bem.

Unte a assadeira com óleo. Com as mãos molhadas, disponha a massa do quibe, com espessura média de 3 centímetros, forrando a assadeira. Cubra com o recheio. Coloque o restante da massa do quibe, fazendo a cobertura final. Risque com faca em quadrados ou losangos. Regue com manteiga ou azeite e coloque no forno preaquecido em 180 ºC, até dourar.

6.

— Então você é o famoso rapaz das flores? — perguntou Catia, ao entrar na sala de reunião. Sentou-se de frente para Jeferson.

— Que isso, dona Catia! Famosa aqui é a senhora — respondeu Jeferson, acanhado.

— Catia. Só Catia, por favor. Então me diz, Jeferson, minha mãe falou que você tá procurando estágio. Qual é sua experiência com TV?

— Posso ser sincerão?

— Deve.

— Experiência, experiência mesmo, só na TV universitária e num programa de rádio lá da comunidade.

— Que interessante! Você trabalha num programa de rádio?

— Sim, eu e os parça lá da quebrada, a gente se juntou pra fazer um programa sobre cultura de periferia, hip-hop, grafite, essas paradas, tá ligada?

— Acho que tô, tô ligada.

Catia pensou um pouco antes de continuar.

— Jeferson, não sei se a vaga que temos aqui na TV é o que você tá procurando. Assistente de produção. É uma coisa mais pauleira, sabe? É cuidar de toda parte de infra, som, cabo. Às vezes é um trabalho puxado.

— Que isso, dona Catia, quer dizer, Catia, eu não tenho frescura, não! Só preciso de uma chance pra cumprir minhas horas de estágio. E produção é um trampo firmeza.

— OK. Vamos fazer o seguinte, então. Vou te encaminhar pro departamento de RH, que vai fazer uma entrevista com você. Se tudo der certo, você começa de imediato, tudo bem?

— Tudo ótimo!

— Então tá. A gente se fala — concluiu Catia, preparando-se para sair.

— Don... Catia! Valeu, hein?! Valeu mesmo! A senhora não vai se arrepender de me contratar — disse Jeferson, antes de ela deixar a sala.

***

Catia foi a última a chegar para a reunião de pauta. Nery, Carla, Léo e Rodrigo a aguardavam fazia uns quinze minutos. Sobre a mesa, café, água, sucos e uma bandeja com salgadinhos.

— Ora, ora. Até que enfim a princesa chegou — alfinetou Rodrigo.

— Bom dia a todos. Bom dia, Rodrigo. A princesa sou eu? — Catia quis saber.

— Se a carapuça serv...

— Não. A carapuça não me serve porque aqui eu sou igual a todos vocês: uma operária.

— Gente, vocês não vão começar — interferiu Carla.

— Carla, por favor, me passa a jarra d'água — pediu Catia, enquanto se sentava. — Eu não comecei nada. Eu estou aqui para trabalhar. Quem começou com gracinha...

— Desculpa! — Rodrigo tentou se redimir.

— Eu não tenho que me justificar, mas estava entrevistando o novo assistente de produção. Hum... que cheiro é esse?

— É o croquete de estrogonofe da mamãe. Ela fez agora de manhã, aproveitei pra trazer alguns pra gente — disse Carla.

— Croquete de estrogonofe da dona Marly! Você só pode estar de brincadeira — exultou-se Léo. — Isso é covardia. Quantas vezes eu falei pra deixar isso longe de mim? Assim eu nunca vou começar meu regime.

—Ai, passa um pra mim, Nery, que eu também não resisto aos quitutes da mamãe — pediu Catia. — Bem, *seguiamo*. Alguém já tem ideia de pauta?

— Eu tive. Pensei numa série de entrevistas com psicopatas famosos. Dá pico. Sabe aquele clima fúnebre, uma trilha sonora impactante — sugeriu Léo. — Divide a matéria em blocos, deixa uma grande revelação pro final.

— Ai, que horror, Léo! — Catia se exaltou. — Que coisa baixo-astral! Meu programa passa à tarde! Quero alegria!

— E originalidade, né? — opinou Nery. — Imitar a concorrência não tá com nada.

— Pensou em algo, Nery? — perguntou a apresentadora.

— Acho que a gente podia cobrir uma feira de quadrinhos que tá rolando. Mangás, HQs, super-heróis. Você se veste de Mulher-Maravilha ou Xena, a Princesa Guerreira, ou quem sabe uma coisa mais brasileira, a Mônica... a gente coloca uma prótese dentária, acho que ia ficar bem.

— Será? — questionou Catia. — Acho fofo. Quadrinho é bom porque fala com o público jovem. Mas acho melhor ser uma matéria especial, a gente deixa a cargo dos repórteres que já cobrem os eventos *teen*. Temos que pensar numa coisa que vai fidelizar o público, que vá fazer com que ele queira assistir ao programa no dia seguinte, vocês estão me entendendo?

— Acho que sim — interveio Carla. — Eu pensei em a equipe gravar uma semana na selva acompanhando um curso de sobrevivência. Daí a gente pegava uma patricinha pra fazer esse curso. Ia ser maneiro ver a filhinha de papai comendo carne de jararaca.

— Ai, que *bad*, Carla! — exclamou Catia. — Coitada!

— Da patricinha? — perguntou Léo.

— Não. Da jararaca — respondeu ela. — Mas até que acho uma boa ideia. Vamos pensar. A gente podia fazer uma coisa meio *reality*, né? Alguém tem sugestão de nome?

Calado, Rodrigo batucava os dedos no tablet, à espera de uma ideia que não aparecia. Pegou mecanicamente um croquete da bandeja de salgadinhos e o levou à boca. Sentiu a massa cremosa derreter-se sobre a língua, transformando-se numa explosão de sabores.

— Isso! — disse, enfático, Rodrigo.

— Isso o quê? — Catia quis saber.

— Um *reality*! — Foi a resposta do novo diretor. — Um *reality* de culinária!

— Péssima ideia — rechaçou de imediato a apresentadora. — Superbatido. Já tem na concorrência.

— Mas sempre dá audiência! A gente pode ter um diferencial para o nosso! Em vez de ser *franchising* de um programa da gringa, dar um toque brasileiro. Sei lá. Comidinhas de bar, práticas e saborosas, que todo mundo gosta. Um *reality* de petiscos!

Todos ao redor perceberam o brilho nos olhos de Rodrigo enquanto ele falava. Tinha tanta convicção no que propunha que deu a impressão de que não arredaria o pé até todos concordarem.

— Eu gostei — disse Carla. — Já pensou, Catia, alguém fazendo no ar algo tipo sua torta de queijo maravilhosa?

— Eu gostei — disse Léo.

— Eu também — ecoou Nery.

— Um *reality* de culinária, ainda mais de petiscos, que todo mundo gosta, pode atrair público de todas as faixas etárias — continuou Rodrigo. — É sucesso entre os jovens e também entre o público mais velho, que se interessa por receitas. E a questão da fidelização está resolvida, já que criamos suspense com o resultado. Tem a publicidade espontânea que vai surgir quando o quadro emplacar. A mídia vai nos ceder espaço naturalmente.

— Não sei. Ainda tô em dúvida — ponderou Catia. — Alguma outra sugestão?

***

A dúvida de Catia não durou muito. A bem da verdade, ela nunca teve dúvida. Só não queria dar o braço a torcer. A ideia de Rodrigo era mesmo boa. Por isso, foi questão de tempo até começarem as gravações das primeiras chamadas convocando os candidatos a se inscreverem na competição gastronômica.

Precisavam pensar nas regras, nas etapas classificatórias e eliminatórias, nos perfis dos concorrentes que queriam para integrar a disputa. Tudo acertado. Chamada gravada. Dois dias depois, estaria no ar.

Quase sete da noite no Oiapoque. Fazia um calor da *muléstia*, como costumavam dizer. O programa de Catia já havia acabado, mas Rayanne deixara a TV ligada enquanto terminava de fazer as unhas dos pés. Sentada na janela para tomar a fresca da brisa fluvial, quase caiu para trás quando a apresentadora apareceu na TV para anunciar sua nova atração.

Oieee, eu tenho uma novidade para você que sempre me acompanha aqui na TV e que gosta de preparar umas comidinhas saborosas, uns petiscos daqueles de lamber os beiços. Já pensou em mostrar esse seu talento para todo o Brasil? Seu prato, aquele salgadinho que você faz pra acompanhar uma cervejinha numa tarde de sábado ou aquele doce pra comer com um cafezinho, sendo degustado pelos maiores chefs brasileiros? Então, acho que é a hora. O programa quer conhecer seu tempero. Se você for selecionado, ou selecionada, participará do quadro semanal Comidinhas do Brasil. *A cada semana, um candidato é eliminado. No final, restará apenas um vencedor ou uma vencedora. O prêmio? Cinquenta mil reais, além de um ano de curso para se especializar na melhor escola de gastronomia do mundo, Le Cordon Bleu, na França, passando dos petiscos diretamente para os pratos mais elaborados que existem. Vai perder essa chance? Acesse o site que tá aparecendo na tela e participe!*

— Mãinha! Mãinha! — gritou Rayanne, derrubando o esmalte, sem nem notar.

A mãe recolhia as roupas do varal.

— O que foi, minha filha? Visse assombração?

— Mãinha, Catia vai fazer um concurso de culinária. Eu vou me inscrever. Vou pra São Paulo! Vou pro Cordon Bleu!

Dona Jurema entrou na sala com o cesto de roupa limpa apoiado no quadril.

— Já falei pra tirar essas doidices da cabeça!

— Não é doidice, é meu sonho!

— Minha filha, eu nunca consegui fazer tu mudar o rumo de teu pensamento. Tu não tinha nem tamanho de gente e eu dizia: "Rayanne, não entra na água que tu se afoga". Tu entrava e se afogava.

— Mas foi assim que eu aprendi a nadar.

— Tá certo. Só não quero que tu leve o farelo. Se é tua vontade ganhar o mundo, vá-se embora. Mas vou estar aqui sempre orando pra que tu não mergulhe onde não dê pé.

Dona Jurema saiu e deixou o cesto de roupas ao lado da tábua de passar. Rayanne não se continha de tanta euforia. Abriu o laptop para ler as regras do concurso e se inscrever. Antes, foi até a geladeira pegar um suco de cupuaçu bem gelado. O calor equatorial não dava folga.

Receitas

Torta de queijo maravilhosa

Massa:
1½ xícara (chá) de farinha de trigo
100 g de margarina
1 gema

Recheio:
300 g de queijo fresco ou meia cura
100 g de parmesão ralado
3 ovos
1 colher (sopa) de margarina
1 colher (sobremesa) de fermento em pó químico
1 xícara (chá) de leite

    Misture bem os ingredientes da massa, até ficar homogênea. Forre o fundo e as laterais de forminhas pequenas ou de uma forma de 25 cm de diâmetro.
    Bata todos os ingredientes do recheio no liquidificador e coloque por cima da massa crua. Leve ao forno preaquecido a 180 ºC até assar e dourar.
    Outra possibilidade é colocar 100 g de queijo de coalho no recheio – fica divino!

7.

Ao contrário da maioria das pessoas, em geral exaustas às sextas-feiras após a jornada de trabalho, Catia se sentia revitalizada no último dia útil da semana. Tinha dado a si mesma os finais de tarde de sexta como uma espécie de antecipação do fim de semana. Quando o sol se punha, ela não tinha nenhum compromisso profissional. Deixara anotado na agenda, nesses dias, até o fim do ano: "Livre".

Era o momento que tinha para pensar na vida, cuidar de si e de seu corpo e concatenar as ideias. Desse modo, era natural que deixasse as sessões de terapia para essa parte da semana. Já fazia cinco anos que era atendida pela mesma terapeuta. No começo, foi difícil. A primeira vez que Catia pisou no consultório e se sentou cara a cara com B. Tany, a terapeuta telúrica, não soube bem o que dizer. Suou frio, entrelaçou as mãos, mexeu no cabelo, olhou para o teto. Depois, foi se acostumando.

B. Tany não era uma terapeuta tradicional. Seguia várias correntes alternativas: massagem aiurvédica, alinhamento dos chacras, leitura da aura, cromoterapia e até risoterapia. O método variava de paciente para paciente, de sessão para sessão. Por isso, naquela sexta, quando Catia entrou no consultório, percebendo o estado de ânimo da paciente, B. Tany logo acendeu um incenso.

— Que fragrância é essa? — Catia quis saber.
— Patchuli — respondeu B. Tany.

— Para que serve?

— Para abrir o caminho das paixões.

— Eu, hein, B. Tany?! Que paixões? Do que você tá falando?

— Tira o sapato. Deita aqui — disse a terapeuta, indicando a cama de massagem, na qual Catia se deitou em seguida. — Tá com o cenho franzido. Relaxa, relaxa. Me conta. Como foi a viagem?

— Ah, foi maravilhosa! Era um grande sonho conhecer a Itália, né? Trinta dias respirando aquele clima, comendo *autentica pasta italiana*. Foi muito inspirador. Voltei energizada. Mas foi só pisar no aeroporto para os problemas darem sinal de vida.

— Problemas? Que problemas? — perguntou B. Tany, enquanto seus dedos passeavam pelos ombros de Catia, fazendo uma massagem vigorosa.

— O problema. Que nesse caso tem nome e sobrenome: Rodrigo Riccó — disse Catia, para em seguida dar um berro: — Aaaaai! Cuidado, B. Tany!

— O que foi que eu fiz?

— Cuidado com essa mão. Machucou.

— Eu não fiz nada. Foi seu corpo que se retesou inteiro quando você pronunciou o nome desse rapaz. Mas me fala: quem é ele?

— Um sacripanta, um grosseirão machistoide. O problema é que o danado é um bom profissional e, com a reformulação do programa, ele foi chamado pelos executivos da emissora a assumir a direção.

— E de onde você o conhece?

— Eu e o Rodrigo nos conhecemos há bastante tempo, desde a minha primeira entrevista de emprego pra TV. Depois disso, nos cruzamos mais algumas vezes antes de ele ir para Portugal. Fiquei anos sem vê-lo, mas agora ele reapareceu. Como uma assombração.

— Por que é que ele te incomoda tanto?

— Quem disse que ele me incomoda? Eu só não o suporto, mas ele não me incomoda.

— Sei, sei. Conte-me mais sobre isso.

***

— Seu Glauco, por favor — disse Catia à recepcionista da TV, tentando parecer natural.

— Quem eu devo anunciar? — perguntou a moça, olhando para aquela jovem que abraçava uma pastinha cheia de papéis como se eles quisessem escapar.

— Catia. Catia Fonseca.

— A senhorita tem hora marcada?

— Er... é rapidinho. Eu não vou demorar mais que cinco minutos. Eu só preciso deixar meu currí...

— Me desculpe, mas o sr. Glauco é um homem ocupado. É o dono dessa emissora. Se eu o interromper toda hora que vem alguém aqui pedindo pra falar com ele...

Catia não terminou de ouvir o que a recepcionista tinha para lhe dizer, pois naquele instante acabava de sair de uma das salas um homem alto, grisalho, de terno bem cortado. Qualquer estudante de rádio e TV saberia que aquele era o sr. Glauco.

— Seu Glauco! Seu Glauco! O senhor pode me dar um minutinho de atenção? — solicitou Catia.

— Quem é você, minha filha? — perguntou ele, parecendo impaciente.

— Catia Fonseca, estudante de rádio e TV. Fiquei sabendo que o senhor tem uma vaga para apresentadora.

— Onde você viu isso, menina?

— Na faculdade. No mural.

— Sim. Nós tínhamos uma vaga, mas já foi preenchida.

—Ah, que pena. Eu posso deixar meu currículo com o senhor? Caso surja outra...

— Deixa ali com a secretária — respondeu o sr. Glauco, antes de sair apressado.

Não era fácil aparecer oportunidade de fazer um teste. Catia sabia. Por isso, corria atrás de toda e qualquer vaga de que tinha notícia. O emprego de recepcionista na rádio servia para bancar os estudos e ajudar a mãe nas despesas de casa, mas o que ela esperava mesmo era uma circunstância favorável para mostrar sua aptidão de comunicadora.

Caminhou desanimada até a recepção, com a esperança reduzida a quase zero, para deixar o currículo. Mas, antes de chegar ao balcão, ouviu uma voz conhecida.

— Ora, ora. Veja só quem está aqui.

Era Rodrigo Riccó quem lhe dirigia a palavra.

— Qual é a sua, cara? — perguntou Catia. — Não tem trabalho pra fazer não? Me erra.

— Calma. Que nervosismo, gente! Eu só estou tentando ser simpático — cutucou Rodrigo.

— Sei. Conheço bem esse tipo de simpatia.

— Veio fazer o que aqui na minha área?

— Ah, não sabia que essa TV agora era sua. Quando foi que você demarcou o território que eu não tô sabendo? — Rodrigo nem teve tempo de responder. Catia desandou a falar: — Cara, numa boa, eu vim aqui tentar fazer um teste. Tô em busca de um lugar ao sol, como qualquer ser humano dessa cidade, e não acho nada legal você tirar sarro de uma situação dessas.

A garota saiu em disparada, não percebendo que tinha deixado cair no chão seu currículo. Rodrigo pegou a pasta e ameaçou ir atrás dela, mas desistiu. Catia já tinha sumido de sua vista. Ele, então, deu uma olhada no material. Certificou-se de que a recepcionista estava bastante ocupada com seus afazeres e entrou ligeiro na sala do sr. Glauco, deixando o papel sobre a mesa do chefe.

Não sabia exatamente por que fazia aquilo nem se aquela boa ação surtiria efeito, mas o fato é que o currículo de Catia ficou jogado dias a fio na mesa do sr. Glauco, até o momento em que ele se viu às voltas com um imbróglio para solucionar de pronto.

Era um amigo que lhe telefonava perguntando onde estava a equipe que cobriria a inauguração do shopping. "Shopping? Que shopping?", quis saber o sr. Glauco. O amigo, então, deu-lhe uma bronca. Como poderia ter esquecido da inauguração do empreendimento? O dono da emissora prometera mandar um repórter para cobrir as festividades.

Ligeiro como uma raposa, o sr. Glauco não titubeou: "Ah, claro... e quem disse que eu me esqueci? São tantas coisas a resolver que eu não estava ligando o nome à pessoa". Desligou o telefone, folheou rapidamente o currículo de Catia, largado havia dias naquela mesa, discou o número. Um, dois, três. Atendeu no quarto toque.

— Por favor, Catia Fonseca.

— É ela — disse a jovem do outro lado da linha.

— Minha filha, onde você tá?

— Quem tá falando?

— Glauco, o dono da emissora em que você deixou seu currículo. Sem enrolação, minha filha, onde você tá?

— Na Clélia. Vila Romana.

— Em quanto tempo você chega à zona sul?

***

Não era a primeira vez que Catia empunhava um microfone – já havia gravado outras reportagens para a TV universitária –, mas a experiência de trabalhar de improviso era algo realmente desafiador. Não sabia sequer o nome do shopping quando o táxi enviado pelo sr. Glauco chegou para buscá-la.

Por sorte de principiante, ou por acaso, o cinegrafista que a esperava no local era Nery, que passara num teste na emissora pouco tempo antes e tinha sido escalado para acompanhá-la na cobertura do evento. Ver um rosto familiar lhe proporcionou certo alívio. Naquele momento, Catia pôde se mostrar frágil e confessar que tinha sido jogada de supetão numa sinuca de bico.

— Fica sossegada que aqui tá todo mundo no mesmo barco — tranquilizou-a Nery. — A primeira coisa que você tem que fazer é sorrir. Sorria. Sorria sempre. As pessoas confiam em quem sorri.

Catia seguiu o conselho de Nery. Quando ele disse "um, dois, três, gravando", ela abriu um largo sorriso. Era nisso que os telespectadores do outro lado prestariam atenção. Não importava que suas mãos estivessem suando frio ou que seu pé não parasse de bater, numa espécie de tique nervoso. Ela sorriu e olhou bem fundo para a câmera.

A partir dali, a cobertura foi relativamente simples. Não havia muitos mistérios a decifrar numa inauguração de shopping. Catia falou das comodidades do lugar, das lojas de grifes, entrevistou dondocas alucinadas por joias, jovens que estavam ali para assistir às últimas peripécias de Freddy Krueger ou para passar a tarde na pista de boliche. Houve um ou outro deslize, como o *take* que ela gravou fora do enquadramento, sendo corrigida de imediato por Nery, mas que não chegou a comprometer a edição final.

— Deu tudo certo — disse Nery, assim que desligou a câmera. — Pode relaxar.

— Obrigada, Nery! Obrigada pela força! Você foi demais. Eu nunca vou me esquecer disso.

***

A matéria do shopping foi ao ar no dia seguinte. O sr. Glauco ficou satisfeito com o resultado e ligou para Catia.

— Minha filha, tenho uma vaga num dos programas aqui da casa. Você tem interesse?

Era óbvio que ela tinha interesse. Havia esperado tanto por aquele momento. Mal conseguiu disfarçar a empolgação.

— Claro — respondeu. — Tenho interesse, sim. Quando é o teste?

— Não tem teste. Você já tá contratada. Entra no ar amanhã.

Catia despediu-se e desligou o telefone. Repetiu para si mesma: "Não tem teste. Você já tá contratada. Entra no ar amanhã". Simples assim. Mal podia acreditar. Tinha esperado tanto por aquele momento, e ele havia chegado, sem pompa, numa ligação trivial recebida no meio da tarde.

No dia seguinte, acordou cedo e chegou antes do horário combinado. Ao pisar na emissora, deu de cara com Rodrigo.

— Tá batendo ponto aqui agora? — debochou o repórter.

— A partir de hoje, sim — respondeu, curta e seca, Catia.

— Como assim?

— Rodrigo Riccó, eu não te devo satisfação, mas, já que você não cansa de me atazanar, eu vou te contar: a partir de agora seremos colegas de emissora. Vou trabalhar num programa da casa.

— Programa? Que programa?

— Er... eu ainda não sei. Mas o sr. Glauco me garantiu que eu já tava contratada.

— Olha, se eu fosse você, pensava duas vezes antes de aceitar...

— Nem vem que não tem. Sai pra lá com essa sua energia de urubu.

— Eu só tô querendo te avisar... — Rodrigo não concluiu a frase. Uma produtora do programa apareceu chamando Catia e a acompanhou até o estúdio de gravação do programa da Talita Araújo.

Catia não conseguiu disfarçar a empolgação. Talita Araújo era a principal apresentadora da emissora. O programa, que ocupava a grade das tardes, era a maior vitrine do canal. Começar como repórter nesse programa era um verdadeiro sucesso.

— Onde é que eu pego meu microfone? Já tá rolando alguma reunião de pauta? — perguntou Catia à produtora.

— Oi? — perguntou a produtora, sem entender aonde Catia queria chegar.

— É aqui nesse programa que eu vou trabalhar como repórter, não é?

— Amor, faz o seguinte: fica quietinha ali, atrás daquele balcão. Vai dando uma lida nas receitas pra já pegar a entonação correta. Sabe como é, né? Coisa simples, nada de muita firula. Tem que ler tudo com neutralidade. Agora coloca um punhado de sal, deixar em banho-maria, bata a clara em neve, essas coisas.

— Desculpa — insistiu Catia. — Deve haver algum engano. O sr. Glauco me contratou pra trabalhar num programa. Eu tenho experiência como repórter, faço rádio e TV...

— Engano nenhum. A vaga que nós temos aqui é essa. Você fica ali, discretinha no fundo do cenário, lendo as receitas pra Talita Araújo enquanto ela apresenta o quadro de culinária. Se não quiser, avisa logo, que tem uma fila assim de gente querendo trabalhar — concluiu a produtora, saindo apressada.

Catia caminhou até o fundo do cenário. Sentou-se numa cadeira atrás do balcão. Pegou a receita e começou a ler.

— Pão de cebola e pimenta vermelha, cem gramas de fermento fresco, uma xícara de chá de óleo...

Antes que pudesse terminar, Rodrigo entrou no estúdio.

— E aí? Tá curtindo o trabalho? — disse, irônico.

— E por que não estaria?

— Vai saber. De repente você tava, sei lá, esperando outra coisa. Mas não desiste não, viu? Quem espera sempre alcança. Ou seria "quem espera sempre cansa"? — alfinetou Rodrigo, antes de sair.

Catia teve ganas de trucidá-lo, mas se conteve. Voltou à receita. Apesar do desapontamento inicial, estava empolgada com o primeiro dia de trabalho. Logo as luzes se acenderiam, as câmeras apontariam suas lentes para Talita Araújo, e as engrenagens daquela máquina de sonhos começariam a rodar. Era bom estar ali, era bom fazer parte daquele universo.

***

— Aaaaai! — Catia soltou um berro. — Cuidado, B. Tany! Tá com a mão pesada hoje!

— Minha mão é leve como uma pluma, baby — disse a terapeuta. — É você que tá com a aura encalacrada. Tem que abrir o chacra muladhara. Vai pra casa. Na próxima sessão a gente continua. Além de patchuli, vou acender um incenso de cravo pros caminhos se abrirem.

Receitas

Pão de cebola e pimenta vermelha

100 g de fermento fresco químico
1 xícara (chá) de óleo
1 xícara (chá) de leite
100 g de margarina
1 pimenta vermelha sem semente
1 cebola grande
1 colher (sopa) rasa de sal
1 colher (sopa) rasa de orégano
1 kg de farinha de trigo
500 g de queijo prato em pedaços
1 ovo batido, para pincelar

Bata bem todos os ingrediente no liquidificador, exceto a farinha e o queijo prato. Depois, coloque em uma tigela, junte a farinha, sove bem e deixe crescer até dobrar de volume. Pegue um pouco da massa, faça porções individuais, do tamanho de um ovo pequeno. Abra a massa não muito grossa, recheie com o queijo, enrole e pincele com ovo batido. Leve para assar a 180 ºC em forno preaquecido.

8.

Catia subiu ao palco. Não se lembrava de quando tinha ido a um karaokê com os amigos pela última vez. Estava tão acostumada à rotina casa-trabalho-cinema-jantar e outros programas de casal que, quando pisou naquele palco e escutou os primeiros acordes da canção, sentiu-se inebriada. Perdeu a deixa e saiu atropelando a primeira frase. "Baby, I'm broken down", cantou, comendo um pedaço da letra.

I need your loving, loving
I need it now
When I'm without you
I'm something weak
You got me begging, begging
I'm on my knees

Um pouco envergonhada, fez sinal para Carla, que subiu ao palco para dar apoio moral à irmã. Chico, Léo e João também se levantaram e entoaram juntos o refrão, acompanhando com palmas:

Sugar
Yes, please
Won't you come and put it down on me?

I'm right here, 'cause I need
Little love and little sympathy

Os amigos seguiram revezando a presença no palco. O repertório era o mais afetivo possível, com as músicas de sempre de karaokê e também outras que faziam Catia pensar, mesmo sem querer, sobre tudo o que poderia estar por vir:

Call it magic, call it true
I call it magic when I'm with you

Crises de riso, notas não alcançadas e vozes estridentes e desafinadas compunham a mesa ao lado de porções de bolinha de quatro queijos tão saborosas que lembraram aquelas que dona Marly fazia. A certa altura da noite, o inusitado deu as caras. Um admirador fez chegar às mãos de Catia um bilhete escrito num guardanapo:

Quem canta seus males espanta. Você hoje, com seu canto e seu sorriso encantador, não só espantou todos os males do mundo como conquistou meu coração.

A apresentadora se sentiu lisonjeada e corou.
— Hum... Tá podendo! — soltou Carla. — Que bilhete mais romântico!
— Mais cafona, você quer dizer, né?
— Eu achei romântico. Já sabe quem mandou?
— Não, tem tanta gente aqui... Mas, enfim, não importa. Não estou interessada.
— E por que não? — quis saber Léo.
— É. Por que não? — insistiu João.
— Ai, gente. Sei lá. Porque não. Não tô a fim de me envolver com ninguém agora.
— E quem disse que você precisa se envolver? — indagou Chico. — Você pode só curtir, pegar uns caras de vez em quando.

Catia colocou as mãos na cintura.

— E eu lá tenho idade pra pegação, menino?

— Qual é o problema, tia? — insistiu Chico. — Você é linda. Ainda tem muito que aproveitar.

— Chico, respeita sua tia — ponderou Léo. — Esse negócio de pegação é um esquema da geração de vocês, ainda que eu concorde em parte com seu conselho. Catia, por que você não baixa um desses aplicativos de paquera?

— Eu, hein, gente! — admirou-se Catia. — Vocês viraram Santo Antônio e eu não tô sabendo? Tô bem na minha. Não preciso baixar esses negócios. Aliás, não vou nem saber mexer.

— Eu te ensino — apressou-se Chico.

— É, mana. Não custa nada — interferiu Carla. — Já ouviu aquela frase "homem é igual pizza: até quando é ruim, é bom"?

Todos na mesa gargalharam. Catia identificou o admirador nem tão anônimo. Era um homem na faixa dos cinquenta anos, chapéu de caubói, bigode felpudo. Ele tocou na aba do chapéu, num sinal de galanteio para ela. No palco, um rapaz chamou o número da próxima canção. João subiu ao palco e começou a entoar os versos de *Arms* enquanto olhava apaixonado para Léo.

I never thought that you would be the one to hold my heart
But you came around and you knocked me off the ground from the start

***

Na manhã seguinte, Catia acordou sobressaltada. Seu telefone não parava de tocar. Já era a terceira ligação perdida. Olhou para a tela. Além das ligações, havia várias mensagens de WhatsApp de Rodrigo.

— Deus do céu! — disse, levantando num pulo.

Chegara tarde em casa do karaokê e se esquecera de colocar o despertador. Estava atrasada para a gravação das novas chamadas do *Comidinhas do Brasil*.

O telefone tocou novamente. Catia atendeu.

— Oi, Rodrigo! Tô a caminho — disse ela, num tom abrupto.

— Como assim a caminho? Você já deveria estar aqui no estúdio!

— Trânsito. A gente nunca pode confiar no trânsito de São Paulo!

— Trânsito? Sábado de manhã? Conta outra, Catia!

— Eu juro! Não sei o que tá acontecendo. É uma obra na marginal Pinheiros! Tá tudo parado! Mas em vinte minutos tô aí — disse, desligando o telefone para não dar tempo de ele fazer novas perguntas.

Não eram comuns gravações do programa aos sábados de manhã. Aquelas tinham sido agendadas dois dias antes, como costuma acontecer com eventos na TV. Era uma gravação pequena, com equipe reduzida, mas nem por isso menos importante. Nada era desculpa para esquecer um compromisso! Ainda mais nesse momento em que tinha Rodrigo em sua cola! Vestiu-se depressa, entrou no carro atabalhoada e pisou fundo no acelerador. Tinha esperança de chegar a tempo para amansar a fera.

***

Depois de três dias de viagem, dormindo mal, numa poltrona reclinável e desconfortável, enjoada e sem vontade de comer nas paradas que ofereciam comidas requentadas e sem viço, Rayanne levantou as mãos para o céu quando, enfim, desembarcou no Terminal Rodoviário Tietê e pôde dar uma boa alongada no corpo.

Olhou ao redor, para as pessoas que ali estavam indo e vindo. Tantos que, como ela, vinham de longe, com a esperança no olhar. Outros que iam embora porque essa mesma esperança tinha virado desilusão. Transeuntes, passageiros, turistas, viajantes, homens, mulheres, crianças. Que histórias carregavam? De onde chegavam? Para onde iriam? São Paulo era o fim da estrada ou apenas o começo de um novo caminho? Um turbilhão de perguntas passava pela cabeça de Rayanne quando ela tirou do bolso o papel amassado com o endereço de uma pensão no Brás. A mala pequena e uma porção de sonhos representavam tudo o que ela havia levado consigo, além de umas escassas economias.

Já havia sido pré-selecionada para a fase de entrevistas do *reality*. Passaria em todas as etapas. Sairia vitoriosa. Agarrava-se a esse sonho como um náufrago se agarra ao bote salva-vidas. Pegou o metrô. "Amanhã é domingo", pensou. Dia de parque. Aproveitaria para conhecer o Ibirapuera, descansaria da viagem. Segunda seria dia de luta, de botar a mão na massa. Dia de procurar e achar um trabalho, pois a vida não estava ganha.

Receitas

BOLINHA DE QUATRO QUEIJOS

300 g de queijo prato ralado
300 g de queijo fresco ou meia cura ralado
300 g de muçarela ralada
150 g de parmesão ou provolone ralado
1 colher (sopa) de orégano
1 xícara (chá) de farinha de trigo
3 ovos
1 xícara (chá) de farinha de rosca
Óleo

Junte tudo, acrescentando a farinha de trigo aos poucos, até dar o ponto (enrole nas mãos sem rachar as bolinhas). Passe nos ovos, na farinha de rosca e frite em imersão até dourar.

9.

Catia entrou no estúdio esbaforida. Precisava de apenas alguns minutos para se concentrar e entrar em cena, já que havia se maquiado pelo retrovisor do carro enquanto estava no trânsito, e a roupa que usava – uma elegante camisa vermelha de gola em "V" com uma calça preta acinturada – era mais que adequada para o momento. Era questão de minutos para que começasse a gravar. Uma maquiadora foi até ela e passou um pó para arrematar a *make-up* que ameaçava derreter por causa do suor.

— Até que enfim... — Rodrigo não perdia a oportunidade de puxar a orelha de Catia, mas, antes que tivesse tempo de começar seu sermão, foi interrompido.

— Bom dia, pessoal! — disse Catia à equipe, abrindo um sorriso. — Peço desculpas a todos vocês, mas incidentes acontecem. Podemos começar, Rodrigo?

Catia se posicionou na marca, respirou fundo, concentrou-se.

— Estou pronta.

Rodrigo deu o OK, e a gravação começou. Em menos de vinte minutos, o trabalho estava encerrado. Era uma chamada simples. Rodrigo deu o "valeu" na terceira tomada. Trabalho concluído, todos liberados.

A equipe começou a se dispersar. Catia checava suas mensagens no celular quando Rodrigo se aproximou.

— Tem um tempinho? — perguntou ele.

— O que que foi, Rodrigo? Bronca de novo? Eu já não gravei a chamada? Já não fiz tudo direitinho? — disse ela, num tom ríspido.

— Ei, calma! A chamada ficou muito boa. Você arrasou.

— Ah, muito obrigada — respondeu Catia, sem entender aquela conversa.

— Você é uma excelente apresentadora. E olha que trabalho há muito tempo com TV, conheço bastante gente. Pra mim, você é uma das melhores, senão a melhor — continuou Rodrigo, deixando Catia boquiaberta com aquela súbita generosidade. — Sei que temos nossas desavenças...

— Sim, eu diria *algumas* desavenças.

— Mas o lance é seguir em frente. Como você mesma tem dito depois que voltou da Itália, *seguiamo*.

— Sim. *Seguiamo* — concluiu ela.

— Sabadão de sol, né? Dia bonito. E aí, o que vai fazer hoje?

Catia não teve tempo de responder, pois foi interrompida pela chamada do celular.

— Oi, Carla. Tô aqui na TV. Sim, sim, já acabamos. Naquele lá da Mooca? Pode ser. Tô morrendo de vontade de comer aquele pastelzinho de entrada. Até logo, então — disse, desligando o telefone. — Bem, acho que respondi à pergunta. Vou almoçar com a Carla. Até segunda, Rodrigo. Bom fim de semana.

— Bom fim de semana — respondeu Rodrigo, enquanto Catia saía a passos largos.

***

— Você tem certeza que a gente tá falando do mesmo Rodrigo? — perguntou Carla, enquanto mordiscava um suculento pastel de queijo.

— Veja bem, menina! Não é esquisito? — comentou Catia, quando o garçom chegou para deixar uma caipilonga de caju com limão para Carla e um suco de maracujá para ela.

—Ah, vai ver ele tá querendo apaziguar os ânimos, né, mana? Ninguém merece esse clima de gladiadores que rola entre vocês.

— Também acho. Vai ser melhor pra mim, pra ele e pra toda equipe.

As irmãs fizeram um brinde, e Carla aproveitou para mudar de assunto.

— Tenho uma novidade. Lembra aquele lance dos aplicativos de paquera de que a gente tava comentando?

— Lembro. Você e suas ideias malucas.

— Então... Acabei baixando o app. Já marquei encontro e tudo.

— Jura? — surpreendeu-se Catia. — E quando vai ser o *date*?

— Meu, não — respondeu a irmã. — Seu.

— Você surtou?! — disse a apresentadora, engasgando com o suco.

— Escuta, mana. Eu pensei que poderia pegar mal você baixar esse aplicativo porque as pessoas conhecem você da TV e tal. Daí criei um perfil com seus dados, mas com minhas fotos. Quando você chegar, o cara nem vai perceber, já que a gente é parecida mesmo.

— Carla, você tá doida? Tudo bem que você nunca foi lá muito ajuizada, mas daí...

— Escuta, Catia! O cara é legal. Alternativo, descolado, adepto da bike, da sustentabilidade.

— Não há a menor hipótese de eu ir a esse encontro. Já pode desmarcar pro cara não ficar esperando.

— Vai até lá pelo menos. Olha a foto — disse Carla, mostrando o perfil do homem no celular.

Catia revirou os olhos como quem não queria prestar atenção, mas, no que seu olhar esbarrou na tela, foi obrigada a admitir que a irmã tinha um argumento.

— É... — ponderou. — É um tipão, charmoso, mas...

— Não tem "mas". Vai. Bate um papo com o cara, troca uma ideia. Se não for a sua, relaxa.

— Eu só posso estar alucinando. Garçom! — Catia acenou para o funcionário, que voltou até a mesa. — O que foi que você colocou na minha bebida?

— Nada não, senhora. — Foi a resposta do rapaz.

— Então coloca porque não tá fácil.

Minutos de conversa depois, Carla convenceu a irmã a dar uma chance para o inusitado.

— Tá. E onde é o encontro? — perguntou Catia.

***

Na catraca do metrô Sumaré. Essa foi a última frase digitada por Stefan. O horário combinado: seis da tarde. Catia olhou as fotos. Ele tinha um corte de cabelo moderno, raspado embaixo e com uma longa franja. Loiro, olhos claros, branco, daqueles brancos que quando tomam sol ficam vermelhos.

Estava ali parada em frente às catracas do metrô fazia mais de quinze minutos. Usava uns óculos escuros que pareciam fora de contexto para um fim de tarde nublado. Uma echarpe ajudava a compor o disfarce para que não fosse reconhecida por eventuais fãs. "Mais três minutos", pensou. "Mais três minutos é meu tempo limite." Os três minutos se passaram, e nada. Resolveu bater em retirada. Sabia que isso não podia dar certo. Aplicativo de paquera. A Carla era mesmo uma maluca. Caminhava apressada em direção à rua quando ouviu alguém gritar.

— Caaatia!

Olhou para trás. Era Stefan. Pelo menos o nome Carla tinha passado o verdadeiro. Olhou para trás e gostou do que viu. Stefan era mais bonito pessoalmente. Não havia mentido quanto à altura: um metro e noventa e três muito bem trabalhado num corpo esguio e atlético. Atravessou a catraca carregando uma bike desmontável.

— Olá. Tudo bem? — disse ela, quando ele se aproximou.

— Tudo, e você? — Ele deu um beijo no rosto dela. — Você é mesmo a Catia? Eu te vi de longe e, pela descrição, não tive dúvidas. Você me disse que estaria com uma echarpe verde, mas...

— Sou, sou eu mesma — interrompeu Catia. — Não parece, né? Mas é que eu costumo ser diferentona ao vivo.

— Bota diferentona nisso!

Catia não sabia bem se a última frase era um elogio ou se Stefan estava tirando um sarro da cara dela. "E agora? O que eu falo? Qual é a terceira frase que você usa quando encontra um cara via aplicativo? Em que parte do manual da mulher solteira quarentona contemporânea *and* conectada está essa instrução?"

— Bora dar um rolê? — sugeriu Stefan.

— Ah... Bora! — respondeu Catia, estupefata.

Fazia um friozinho de começo de inverno quando Catia e Stefan chegaram ao lado de fora da estação. Ela estava devidamente agasalhada com uma jaqueta de couro. Ele parecia não sentir frio, já que trajava uma camiseta surrada. Disse que tinha acabado de andar quase trinta quilômetros de bicicleta e que o corpo ainda estava quente.

— Trinta quilômetros? — surpreendeu-se Catia.

— Sim. E hoje ainda não bati minha meta. Geralmente chego a quase quarenta.

— Uau! Nada mal para alguém da sua idade! — disse Catia, para em seguida se dar conta da gafe. — Desculpa. Isso é uma coisa horrível de dizer. Até porque nós temos praticamente a mesma idade. É que o único esporte que eu tenho feito é o levantamento de garfo — continuou, dando uma risada, constrangida pela própria piada. — Desculpa, essa foi péssima também.

— Para de pedir desculpa — tranquilizou-a Stefan. — Não há nada de péssimo! *Ich möchte Sie.*

— O quê?

— Eu gostei de você. Foi o que eu disse. Em alemão. Você é espirituosa.

De cabeça baixa, Catia sorriu amarelo. Só agora tinha reparado que ele tinha um ligeiro sotaque alemão. Por um momento, chegou a pensar que era língua presa.

— Quer praticar seu esporte habitual na minha casa? — perguntou Stefan.

— Mas já? Assim?

— Estou falando do levantamento de garfo. Não foi isso que você acabou de dizer?

— Ah, claro. — Ela corou.

— Pensei em preparar alguma coisa pra gente comer e conversar um pouco. Eu moro a poucas quadras daqui.

— Pode ser — consentiu Catia, e os dois partiram rumo ao apartamento de Stefan.

***

Assim que entrou na sala, Catia sentiu um forte cheiro de mofo misturado com poeira. Quando Stefan acendeu a luz, várias pilhas de livros velhos surgiram diante dos olhos desconfiados dela. Ela nem sabia que tantos livros podiam caber numa única casa e, ao que tudo indicava, realmente não cabiam. Não de maneira organizada, como se costuma ver em bibliotecas e livrarias. Estavam espalhados ao redor de todo o espaço, amontoados na mesa, jogados nas poltronas e nos sofás.

— Você lê bastante, né? — perguntou Catia.

— Leio e estudo. Trabalho com isso, né? Sou linguista — respondeu Stefan.

— Hum. Legal. A televisão fica no quarto? — quis saber.

— Não tenho TV. Acho um eletrodoméstico desnecessário.

— Desnecessário?

— É. Muita porcaria, sabe? Além de emitir ondas eletromagnéticas cancerígenas. Quer beber alguma coisa?

— Um copo d'água.

— Você trabalha com o que mesmo? — perguntou Stefan enquanto abria a geladeira para pegar a água.

— Cozinha — respondeu, de supetão. Não chegava a ser mentira, já que a culinária ocupava boa parte de seu programa de TV.

— Ah, legal. Restaurante? Cozinha pra fora?

— É. Eu sou uma propagadora da boa culinária, digamos assim. E você? Fala mais de você. Quer dizer que você é alemão? — perguntou ela, enquanto se sentava no sofá. A pilha de livros sobre a almofada ao lado ameaçou desabar, e Catia amparou-a discretamente com o cotovelo até se certificar de que estava segura. — Quase não tem sotaque.

— É que eu estou há mais de vinte anos no Brasil. E, como sou linguista, acho que tive alguma facilidade em me adaptar à musicalidade do português. Tenho um ouvido bom para isso. Seu copo d'água — disse Stefan, entregando a bebida.

— Hum. Tem um gosto diferente. Você colocou alguma coisa nessa água?

— Cloreto de magnésio. A eterna fonte da juventude. Purifica o sangue, revitaliza o cérebro, rejuvenesce e conserva — respondeu Stefan, como se quisesse convencer os telespectadores em um infomercial.

—Ah, tá explicado então de onde vem tanta energia. Trinta quilômetros de bicicleta — disse Catia, aproveitando que Stefan tinha se virado de costas e derramando disfarçadamente o conteúdo do copo no vaso de plantas ao lado.

Como se farejasse um ato ilegal, o homem se voltou bruscamente na direção dela.

— Nãããããão! — gritou ele, ao surpreender a atitude. — Minha mimosa pudica!

Catia levantou-se assustada.

—Ai, desculpa! Só achei o gosto da água meio estranho — justificou-se. — Mas não sou mimosa nem pudica!

— Não é você. É minha plantinha. Mimosa pudica é a espécie dela.

— Foi só um copo de água com cloreto de magnésio. Purifica o sangue, revitaliza o cérebro, rejuvenesce e conserva! Tá lembrado?

— Eu sei, mas a mimosa é muito sensível. Fica irritada com muita facilidade. Você tinha que ter pedido permissão.

— Oi?

— *¿Estás bien, mi amor?* — perguntou Stefan, enquanto se ajoelhava ao lado da planta, cheio de delicadeza. — *¿Cómo ha sido tu día? ¿Te has sentido muy sola?*

Catia teve a impressão de que os olhos dele estavam marejados, mas preferiu não olhar muito para não correr o risco de confirmar a impressão.

— Você conversa com a planta? Em espanhol?

— Sim, ela não se adequou ao português. Eu a trouxe da Amazônia peruana. Toda vez que eu tentava conversar em português, ela se fechava em copas, então achei melhor manter nosso diálogo no idioma nativo dela.

Catia ainda tentava acompanhar aquela explicação sem perder o fio do raciocínio quando sentiu algo deslizar sobre seus pés. Olhou para baixo e viu um pequeno roedor que começava a passear por suas pernas.

— Um rato! — gritou, num pulo.

— Calma, calma! Não é um rato, é Zayn, meu hamster — disse Stefan, virando-se para o pequeno animal. — *Zayn, al fata khaifa.*

— Ele também não fala português?

— Não. Só o idioma nativo dele, árabe. Catia, você tá bem?

— Acho que só um pouco assustada.

— Só um minuto. Vou pegar um suco pra você.

Stefan voltou com um copo contendo um líquido esverdeado que entregou a Catia, que, tão perplexa estava, o virou sem pestanejar.

— Até que é bom esse suco.

— Saboroso, né? É um suco energizante.

— E o que vai nesse suco?

— Ah, muita coisa. Cenoura, mel, rãs do lago Titicaca...

— Pera, pera, pera. Você tá dizendo que me deu um suco com sapo pra beber?

— Sim. É uma bebida tradicional na terra da mimosa pudica. Ajuda a curar asma, anemia e dizem que até melhora o desempenho sex...

Catia não quis ouvir o resto da explicação. Pegou sua bolsa, abriu a porta e partiu desenfreada escada abaixo.

— Eeei, aonde você vai? A gente nem teve tempo de se conhecer direito! — chamou Stefan, no primeiro lance da escada, desistindo de correr atrás de sua ex-futura pretendente.

Lamentou o modo intempestivo como ela partiu, pensando que poderia ser uma boa companheira de pedaladas, já que tinha vencido aqueles lances de escada com uma agilidade poucas vezes vista até mesmo entre atletas profissionais.

Receitas

Pastel assado

Massa:
1 copo (240 ml) de óleo
1 copo (240 ml) de água
2 colheres (sopa) de queijo ralado
1 colher (chá) de sal
Farinha de trigo (o suficiente para a massa soltar das mãos sem ficar muito oleosa)

Recheio:
200 g de queijo branco amassado
2 colheres (sopa) de queijo ralado
1 ovo, mais 1 clara batida
Salsinha
½ xícara (chá) de azeitona verde bem picada
2 batatas médias cozidas e amassadas

Para a massa, junte o óleo, a água, o queijo ralado, o sal e, aos poucos, junte a farinha, até perceber que o óleo não está brilhando nas mãos. Misture muito bem todos ingredientes do recheio e reserve. Abra a massa em espessura bem fina, corte com um cortador quadrado, recheie, feche em triângulo e, em uma forma, asse em forno preaquecido a 180 °C até dourar.

É possível rechear com outros ingredientes, por exemplo linguiça calabresa, processada e refogada com alho e cebola, ou carne moída refogada.

10.

NA MANHÃ DE SEGUNDA-FEIRA, quando abriu a janela de seu quarto na pensão, Rayanne olhou para o céu cinzento, que parecia impor certa brutalidade ao cenário composto de blocos gigantescos de concreto. O estrondo de uma britadeira na construção ao lado se somou ao barulho dos trens que passavam regularmente pelos trilhos do metrô. Se na beira da mata o dia se anunciava com o canto dos pássaros e os raios de sol que invadiam as frestas das janelas, na metrópole ele chegava sem aviso e com o estardalhaço das máquinas colossais que colocavam em movimento o grande exército de homens e mulheres à procura de um lugar ao sol.

Rayanne foi até a cozinha para preparar um café da manhã com alguns dos mantimentos que havia trazido do Amapá, os quais, mesmo tendo atravessado o país em três dias de viagem sacolejante, se conservaram incrivelmente frescos. O cuscuz ainda levaria algum tempo para ficar pronto e, por isso, enquanto a farinha de milho cozinhava no vapor, ela foi tomar um banho.

O início da semana havia trazido uma frente fria com a famosa garoa paulistana, obrigando Rayanne a vestir um agasalho. Não lembrava quando havia sido a última vez em que tinha vestido roupas de inverno, já que no Norte o inverno, assim como a lenda do boto-cor-de-rosa, faz parte do folclore – embora exista quem diga já ter visto o boto, enquanto o inverno continua sendo uma incógnita.

De volta à cozinha, tirou o cuscuz do fogo e deixou esfriar um pouquinho. Espalhou na frigideira a goma de tapioca que, depois de pronta, ganhou uma generosa calda de leite de coco. Sem se deixar abater pela temperatura gélida, Rayanne deu uma golada no chá de catuaba, que lhe garantia uma dose extra de energia.

Terminada a refeição, lavou a louça, voltou ao quarto para pegar sua bolsa e uma pasta com várias cópias de seu currículo e pôs a cara na rua. O vento gelado, acompanhado de uma fina garoa, chegava a fazer a pele do seu rosto doer.

Vinte e oito minutos e nove estações de metrô depois, estava na avenida Paulista. Pisar numa das vias mais famosas da cidade e dar de cara com o Masp e outros cartões-postais conhecidos no mundo inteiro lhe causou certo frenesi. Homens engravatados, mulheres de terninhos bem cortados andando elegantemente sobre saltos agulha, office boys e suas camisetas de *rappers* americanos, todos imersos e dispersos no coração da cidade – aquela cidade que, tinha ouvido dizer, nunca parava.

Rayanne deteve-se numa banca de jornal e comprou os classificados. Quando ainda estava no Oiapoque, cadastrou-se num desses sites de emprego para trabalhar como professora, mas até aquele momento todas as respostas das escolas, quando havia resposta, tinham sido negativas ou evasivas. Por isso, resolveu sair à caça de trabalho como muita gente ainda fazia: batendo perna, deixando currículo nas lojas, nos bares, nos restaurantes. Botava fé que uma hora pintaria algo.

Estava já fazia algumas horas andando pela avenida Paulista quando decidiu parar e comer algo. Pegou um dogão num ambulante e, enquanto procurava o dinheiro na bolsa para dar ao vendedor, reparou na notificação de uma mensagem no WhatsApp. Era sua mãe. Não teve tempo de conferir o conteúdo da mensagem. Nem mesmo percebeu o que havia acontecido, tamanha a rapidez do ocorrido. Quando deu por si, estava sem a bolsa, sem dinheiro, sem celular, sem documentos. Olhou para a frente e viu um moleque em disparada.

— Socooooorro! — pôs-se a berrar.

— Pega ladrão! Pega ladrão! — gritou o dono da van que vendia os cachorros-quentes.

O que se deu a seguir parecia cena de filme de ação. O moleque com a bolsa correu como se fosse um lince. Sua agilidade e sua destreza para se desviar dos obstáculos formados por pessoas, carros e desníveis de toda ordem que encontrava pelo caminho eram impressionantes. No encalço, atendendo às súplicas de Rayanne e do ambulante, apareceu um valente que corria desbaratado, num gingado misto de capoeira e *parkour*. Percebendo que não teria muito sucesso na empreitada, já que sentia bafejar a respiração quente do outro em seu cangote, o moleque jogou a bolsa no chão e, assim, se livrou de levar uma dura.

Rayanne, que acompanhava toda a perseguição, apareceu quando Jeferson estava agachado no chão recolhendo os pertences dela.

— Tá tudo aí? — perguntou, agoniada.

— Parece que sim. Dá um confere — respondeu Jeferson, entregando a bolsa.

Rayanne ainda estava tremendo quando revirou a bolsa.

— Graças a Deus, tá tudo aqui.

— A Deus e a mim, né, moça? Porque, olha, moleque ligeiro esse aí.

— Sim, claro. Graças a você. Muito obrigada — disse, abrindo a carteira. — Quer uma ajuda? Não tenho muito pra...

— Que isso, mina! Assim você me ofende! Eu fiz de coração mesmo! Quando eu vi você desesperada, parti atrás do moleque.

— Tá, desculpe. Mas, sei lá, posso pelo menos te pagar um refrigerante?

***

Catia estava no camarim lendo os portais de notícia quando Carla entrou, sem bater.

— E aí? — perguntou a irmã. — Me conta tudo, não me esconda nada.

— Você quer mesmo saber, Carla?

— Claro. Tudo. Tudinho.

— Esse encontro que você me arrumou foi uma bela de uma presepada!

— Gente, como assim?

— Carla, não quero mais falar sobre isso!

— Sobre isso o quê?

— Sobre encontros, sobre me relacionar afetivamente com alguém. Eu tenho meus filhos, meus amigos, uma profissão que eu amo...

— Logo agora? — interrompeu Carla.

— Logo agora o quê? — perguntou Catia.

— Eu já imaginava que o primeiro encontro podia não dar certo. É muito difícil encontrar um *boy* magia assim de cara. Daí criei outro perfil pra você.

— Ah, não, Carla!

— Andei pensando e concluí que o melhor era criar um perfil verdadeiro mesmo, com fotos suas e tal. E daí que você é famosa? Os famosos também amam. Ó, tá aqui — disse Carla, anotando algo num papel.

— O que é isso?

— Seu login e sua senha. Esse é outro app. Bafo. Vai por mim. Baixa aí no seu celular e se conecta — concluiu Carla, saindo do camarim.

Catia voltou a ler as notícias nos portais. Gostava de chegar mais cedo à emissora, atualizar-se pelos diversos portais sobre os mais diferentes assuntos. Leu uma matéria sobre política, outra sobre economia. Resolveu dar uma olhada nas estreias do cinema. Acessou um site de astrologia. Leu seu trânsito astral:

Trânsito selecionado para hoje:
Lua conjunção Urano

Algo diferente
Nesta noite você se sentirá impulsivo e querendo agir com precipitação. Seu estado de espírito mudará tão rápido que surpreenderá você e os outros. É possível que conviva nesse período com alguém semelhante, mas do sexo oposto ao seu. Estará impaciente a respeito de suas rotinas e pensando em fazer algo diferente. Desde que esse "algo diferente" seja alguma coisa razoável, não há problema em ir avante. Procure não se preocupar em ser disciplinado

e muito responsável nas próximas horas. Se tiver trabalho a fazer que requeira muita atenção, não será capaz de se concentrar.

Assim que terminou de ler, Catia sentiu-se inquieta. "Será mesmo que os astros não mentem?", indagou-se. Olhou para o login e a senha no papel em cima da mesa. Por alguns minutos, tentou se distrair com outros afazeres, mas era como se aquele pedaço de papel a encarasse. Baixou o app e logou. Olhou as fotos que a irmã havia escolhido. Começou a deslizar o dedo por vários rostos que surgiam na tela. Deteve-se num rapaz de rosto anguloso, queixo proeminente, olhos amendoados, lábios carnudos, tudo isso emoldurado por longos e – ao que parecia – sedosos cachos. Seu nome era um pouco diferente: Aron. Apertou um coração, e a resposta veio instantânea: match. *Boa tarde, Catia. Tudo bem?,* a mensagem apareceu em seguida. "Nossa! Que rápido!", pensou Catia. "Esse aí está com pressa de amar!"

Entraria no ar em pouco tempo e, por isso, não poderia estender o assunto. Conversou brevemente com Aron e se despediu logo, deixando no ar a possibilidade de um encontro real para aquela noite.

***

Sentados ao balcão de uma padaria, Rayanne e Jeferson trocavam impressões sobre o abalo recém-sofrido por ela.

— Por uns minutos pensei que ia ficar sem minhas coisas! Chega minhas pernas bambearam! Celular, carteira com documento, cartão de banco...

— Só escutei você gritando, aí vi o moleque ligeiro na frente. Na hora já pensei: "Deu ruim". Parti atrás dele sem nem pensar.

— Mais uma vez, muito obrigada mesmo. Como é seu nome?

— Jeferson. Às ordens.

— Prazer, Jeferson. Meu nome é Rayanne.

— Você é daqui mesmo, Rayanne?

— Não. Do Norte. Cheguei tem dois dias.

— Percebi pelo sotaque. Pô, que treta, mano! Dois dias e já acontece uma parada dessas! Mas ó... não desanima não que a cidade é daora!

— Ah, pode deixar. Tô amando São Paulo. Não é um filho d'uma égua que vai me desanimar.

— Podes crer. E veio fazer o que aqui?

— Vixe, rapaz! Não sei se consigo te responder assim de pronto, mas digamos que vim vender meu peixe, meu tucunarezinho na brasa enrolado em folha de bananeira.

— Tô ligado. Você trabalha com essas paradas de cozinha.

— É. Espero trabalhar logo, logo. E você? Faz o quê?

— Tô fazendo estágio. Último ano da facul... — respondeu, enquanto olhava para o celular. — Meu! Tô em cima da hora! Rayanne, vou ter que dar um corre! — Deixou um trocado em cima do balcão para pagar o refrigerante e se despediu: — Ó, anota aí meu número. Se quiser dar um rolê, posso te apresentar uns lugares firmeza da minha quebrada.

— Claro, claro — disse Rayanne, anotando no próprio celular o número que ele falou.

— Suave. Vou indo nessa. Dá um salve qualquer hora — disse Jeferson, despedindo-se com um beijo no rosto de Rayanne.

Ela ficou sentada no balcão por mais alguns minutos enquanto terminava de responder às mensagens da mãe e bebia sua água com gás.

***

She's just a girl and she's on fire
Hotter than a fantasy, lonely like a highway
She's living in a world and it's on fire
Feeling the catastrophe, but she knows she can fly away

B. Tany tirou os fones do ouvido e entrou na loja de doces.

— Um pedaço de bolo prestígio, por favor.

Já tinha se tornado hábito. Às segundas-feiras, saía do trabalho e ia direto para o cinema. Gostava de fazer isso no começo da semana porque as sessões eram mais vazias. Sem fila, sem o barulho insuportável das pessoas comendo pipoca. Terminado o filme, parava na loja de doces e comia vagarosamente seu pedaço de bolo prestígio acompanhado de uma xícara de café com leite. Naquela segunda, foi diferente.

— Pra viagem — disse, antes que a atendente lhe servisse o bolo no pratinho, e bateu em retirada.

O ensaio estava marcado para dali a poucos minutos. Não sabia bem por que queria embarcar naquela experiência, mas fazia tempo que vinha sentindo sua vida um pouco paralisada, e a placa no ateliê que ficava bem ao lado da loja de doces parecia buscar seu olhar sempre que passava ali em frente. *Precisa-se de modelos vivos.*

Quando B. Tany chegou, viu a porta aberta, mas mesmo assim deu duas batidas para avisar que estava entrando. Chico, absorto ao fundo com uma paleta de cores na qual passava um pincel testando tonalidades numa tela, não percebeu a presença dela.

A voz de Alicia Keys ressoava no ambiente.

She's on top of the world
Hottest of the hottest girls say
Oh, we got our feet on the ground
And we're burning it down

— Essa música... — disse B. Tany.

Chico virou-se surpreso, saindo de sua imersão e percebendo a presença de B. Tany.

— Olá. Desculpa — disse Chico, indo até a caixa de som e abaixando o volume. — Tava um pouco alta, né?

— Não. Tudo bem. — Deu uma olhada ao redor. — Serendipidade.

— O quê? — perguntou Chico.

— Serendipidade. É o dom de atrair o acontecimento de coisas felizes ou úteis ou descobri-las por acaso. Eu tava ouvindo essa música antes de entrar aqui.

— Olha, que coincidência. Quer dizer, que serendipidade.

— Quer um pedaço? — ofereceu B. Tany, erguendo o bolo em direção ao rapaz.

— Não, não, muito obrigado.

— Tem certeza? Tá mó bom — insistiu B. Tany.

— Que bolo é esse?

— É o bolo prestígio da lojinha aqui do lado. Eu tenho que me controlar pra não comer inteiro.

— Eu sei bem do que você tá falando. É o meu preferido também. Você é a... — disse Chico enquanto procurava o nome numa lista.

— B. Tany — respondeu.

Ela se aproximou para trocar dois beijinhos com Chico, que teve o mesmo impulso, de modo que os dois se esbarraram de maneira atrapalhada e acertaram sem querer um leve tocar de lábios.

— Que nome diferente.

— É. Meu nome mesmo é Bruna. Mas resolvi abreviar depois do estudo da cabala. O "B" tem uma energia poderosa.

— Interessante.

Chico prestou atenção nela. Era bonita, mas não de uma beleza padrão. Era miúda e tinha olhos castanhos enormes. Talvez fosse a postura que a deixasse mais bonita – aqueles poucos minutos foram suficientes para ele achar que ela parecia muito segura de si. E era alguns anos mais velha que ele. Uns seis ou sete anos, talvez.

— Tá pronta, B. Tany?

— Pronta?

— É. Pra posar. Eu vou deixar você aqui. Quando estiver tudo OK, me avisa. Sem pressa, fica à vontade pra começar quando quiser.

B. Tany não tinha pressa, tampouco fazia cerimônia. Tirar a roupa e sentar-se na deixa estabelecida era um processo simples, que não exigia muita concentração. Afinal de contas, tinha ido até ali para isso. Para se expor, para se enxergar pelo olhar do outro.

Despiu-se rapidamente, dobrou a roupa e a colocou sobre um banco, ao lado de onde tinha deixado sua bolsa. Sentou-se na cadeira indicada por Chico. Aguardou alguma orientação sobre como se posicionar, mas o rapaz não parecia ter a intenção de dirigi-la.

Durante uma hora e meia, ele trabalhou compenetrado, alternando o olhar entre ela e a tela. Depois, disse que ela podia se vestir.

— Posso ver? — perguntou B. Tany.

— Claro — respondeu Chico, virando a tela.

O que B. Tany viu era apenas um esboço. Mas ali, naquele retrato subjetivo, conseguiu identificar alguns traços de sua persona peculiar e pouco afeita às convenções. Um detalhe não passou despercebido pelo artista: os dentes sujos de bolo prestígio.

— Que comédia! — exclamou, tirando um espelhinho da bolsa e limpando os dentes. — Por que não avisou que meus dentes estavam sujos?

— Porque perderia a graça — respondeu Chico, risonho. — Digamos que os dentes sujos de bolo fazem parte da sua natureza.

— Uma natureza desleixada?

— Encantadoramente espontânea, eu diria.

— Teremos mais quantas sessões, Chico? — perguntou B. Tany, enquanto terminava de se vestir.

— Não dá pra definir exatamente, mas acredito que mais umas cinco ou seis.

— Bom... Eu já vou indo.

— Eu acompanho você até a porta.

Chico e B. Tany se despediram. Ele foi até a janela que dava para a rua e a observou caminhar lentamente, distraída, pela rua Augusta. Sorriu. Não sabia exatamente por que sorria. Ou talvez soubesse, mas, naquele momento, não queria buscar explanações sobre sua vontade de sorrir. Fechou a janela e começou a organizar os materiais. "Acredito que mais umas cinco ou seis sessões", pensou. Quem sabe não fecharia com sete. Na próxima sessão, perguntaria a B. Tany se sete era um número cabalístico.

Receitas

Bolo prestígio

Massa (pão de ló):
4 ovos (claras e gemas separadas)
1 xícara (chá) de água fervente
2 xícaras (chá) de açúcar
2 xícaras (chá) de farinha de trigo
½ xícara (chá) de chocolate em pó
1 colher (sopa) de fermento em pó químico

Recheio:
½ lata de leite condensado
1½ lata de leite
100 g de coco fresco ralado grosso
6 colheres (sopa) de açúcar

Cobertura:
100 g de manteiga sem sal
½ lata de leite condensado
3 colheres (sopa) de chocolate em pó

Calda:
½ vidro de leite de coco
½ xícara (chá) de leite
2 colheres (sopa) de açúcar

Para fazer a massa, separe as claras, bata em neve e reserve. Na batedeira, misture as quatro gemas com a água fervente até espumar. Sem parar de bater, junte o açúcar e bata bem. Misture a farinha com o chocolate em pó e vá juntando à mistura anterior sem parar de bater. Tire a tigela da batedeira, adicione o fermento e delicadamente as claras em neve.

Unte a forma com margarina, enfarinhe, coloque a massa e leve ao forno preaquecido a 180 ºC até que asse por cerca de 35 minutos.

Para a calda, junte todos os ingredientes mexendo bem, sem levar ao fogo, e reserve.

Junte todos os ingredientes do recheio e leve ao fogo baixo, deixe ferver um pouco e reserve. Para a cobertura, bata na batedeira a manteiga e junte o leite condensado e o chocolate em pó, até ficar homogêneo.

Corte o bolo ao meio, regue com a calda, coloque o recheio, a outra parte do bolo, regue novamente com a calda e disponha a cobertura. Cubra bem e leve para geladeira. Depois de 3 horas, corte o bolo em pedaços, envolva cada um com papel-alumínio e deixe na geladeira até a hora de servir.

11.

Quando Catia entrou no café, Aron já estava sentado à mesa. Ele não percebeu a presença dela, pois estava distraído com o cardápio. Catia tirou o celular da bolsa e olhou para a foto de Aron. Precisava certificar-se de que o homem distraído de óculos de grau de aros grossos era o mesmo com quem ela havia conversado mais cedo. Parecia que sim. Aproximou-se.

— Aron? — perguntou ela.

— Olá, tudo bem? — respondeu Aron, levantando-se para cumprimentá-la.

O homem olhou-a demoradamente, e Catia teve a impressão de que ele tinha gostado do que vira. Ela própria ainda não tinha opinião formada sobre o que achara dele pessoalmente. Então, ele puxou uma cadeira para que ela pudesse se sentar.

— Demorou a achar o café?

— Não muito. Foi mais difícil encontrar uma vaga para estacionar, mas, enfim, eis-me aqui.

— Bom tomar um cafezinho nesse tempo frio, né? Você já veio aqui antes?

— Não, não. Mas gostei da escolha. Achei o lugar simpático e aconchegante — respondeu ela. Ficaram uns segundos em silêncio, tentando achar assunto, até que Catia soltou: — Me fala um pouco de você. Você me disse que é formado em ciências sociais.

— Isso. Foi minha primeira graduação. Até bem pouco tempo atrás, eu dava aula no curso da Unicamp. Tem só alguns dias que tô morando aqui em São Paulo.

— Olha, que interessante. E veio fazer o quê?

— É aí que entra minha segunda graduação. Larguei tudo e tentei vestibular de novo. Comecei a fazer medicina.

— Uau, que inusitado.

Catia pensou por um tempo naquele homem feito assistindo a aulas em meio a estudantes com a metade da idade dele.

— Aron, sem querer ser indelicada, mas quantos anos você tem mesmo?

— Quarenta e cinco. Faço quarenta e seis no final do mês.

— Geminiano?

— Sim, e você?

— Aquariana.

— Não entendo nada dessas coisas de signo. Combina?

— Combina. Combina, sim. Mas o que eu queria perguntar é... Você largou uma profissão aos quarenta e cinco pra voltar a ser estudante. Não sentiu medo de essa não ser a escolha certa? Afinal de contas, você já devia ter uma carreira, acredito eu...

— Detesto a ideia de não poder errar — disse Aron. — Quem tenta experimenta. Quem experimenta erra. Quem não desiste tá vivo!

As últimas palavras de Aron calaram fundo em Catia. Ela, então, chamou o garçom e fez o pedido: esfiha de carne, que era uma das especialidades de dona Marly e sempre a fazia se lembrar de casa, e suco de laranja. Aron a acompanhou. Ele parecia preocupado. Olhava para o relógio com certa frequência.

— Algum problema? — perguntou Catia.

— Mais ou menos. Tô um pouco atrasado.

— Atrasado? — estranhou Catia. — Você tem algum compromisso além...

— Não — interrompeu-a Aron. — Não é isso. É que quando você aceitou sair comigo, eu pensei: "Poxa, é a Catia Fonseca da TV, ela deve cozinhar superbem". Então eu encomendei umas coisas... Eles já devem estar chegando em casa pra entregar e não tem ninguém pra receber.

— Umas coisas? — perguntou Catia.

— É. Umas coisas pra você fazer um jantarzinho pra gente, se é que você não se importa.

A proposta pegou a apresentadora de surpresa.

— Er... veja bem, Aron. Não é porque eu tenho um programa que apresenta um quadro de culiná...

— Deixa pra lá. Eu fui um idiota — interrompeu Aron. — Eu não devia ter feito essa encomenda. É um mercado que vende alimentos frescos, orgânicos. É melhor ligar lá e cancelar.

— Não! — sobressaltou-se Catia. — Pensando bem... Que mal tem fazer uma comidinha caseira? A gente vai conversando enquanto eu cozinho, você me fala mais de você, mas... Ó, a louça é por sua conta.

— Então, vamos — disse Aron, levantando e puxando Catia pela mão.

— Mas e o pedido aqui? Não vamos esperar?

— Não vai dar tempo. A gente pede pra levar pra viagem. Eles já devem estar chegando mesmo.

***

Aron morava a duas quadras do café, então eles chegaram à casa dele em questão de minutos. Era uma casa pequena, mas bem decorada, com poucos móveis, o que fazia com que o ambiente parecesse mais espaçoso.

A campainha tocou assim que entraram. Era o rapaz do armazém, com as caixas. Aron recebeu tudo e fechou a porta. Colocou os legumes na pia, passou uma água neles e começou a picá-los numa tábua.

Catia o observava de longe enquanto ele se detinha nessa atividade.

— Ué, mas não era pra eu fazer o prato? — perguntou.

— Ah, calma que já passo a bola pra você. É que poucas pessoas sabem usar uma faca como eu. E essa faca... — disse Aron, enquanto amolava o objeto na quina da pia e o levantava em seguida. — Olha só, que belezura! Não é qualquer faca! Aço inoxidável! Empunhadura em chifre de carneiro trinta e cinco centímetros.

— Entendi — disse Catia, num misto de assombro e constrangimento.

Ela ficou em silêncio por alguns momentos, notando a agilidade nas mãos dele. Embora Aron estivesse de costas, Catia teve a impressão de que ele sorria enquanto transformava as batatas em quadradinhos.

— Por que você decidiu cursar medicina? É que é tão diferente de sociais...

— Na verdade, acho que eu sempre quis ser médico. Mas, como sou de uma família de médicos, quis ser o do contra, entende? Essa coisa de quebrar a tradição. — A destreza com que ele picava as cenouras era inacreditável. — Daí vi que tava indo contra meus anseios. Porque, desde criança, sempre tive essa pulsão por destrinchar os bichinhos. E quero ser cirurgião, né? Só de pensar em serrar uma tíbia... Meu, fico com água na boca.

— Serrar uma tíbia? — perguntou Catia. — Água na boca?

— Deixa eu mostrar minha coleção de facas — disse Aron, abrindo a porta do armário da cozinha, de onde reluziram facas de todos os tipos e tamanhos. — Essa é uma faca em aço damasco com empunhadura em osso de camelo e madeira laminada. Essa outra tem empunhadura em osso de búfalo.

Catia não esperou Aron continuar o pronunciamento sobre sua vasta coleção de facas raras e originais.

— E o que é que nós vamos comer? O que é que você está pensando em fazer, digo, o que é que você quer que eu faça?

— Canja de galinha caipira.

— Sério? Achei que iria querer algo mais sofisticado.

— Não. Acho importante pra um primeiro encontro a escolha desse prato, porque ele tem um valor afetivo pra mim.

— Canja de galinha é uma tradição em muitas famílias brasileiras, né? É aquela comidinha da vovó.

— Exatamente! Foi com a minha vó que peguei o gosto.

— Pela canja?

— Não. Por degolar galinhas.

Nesse momento, Catia ouviu um ruído na altura do chão. Achou que fosse se deparar com outro hamster, então notou uma caixa com furinhos, de onde vinha o som. Aron abriu a caixa e tirou de dentro uma galinha viva.

— O que é isso? — perguntou Catia, assustada.

— Eu não disse que esse armazém entrega os alimentos frescos? Quando eu era criança, minha vó pegava as galinhas no galinheiro da fazenda e pedia pra eu segurar enquanto ela deitava a penosa e parava o prato embaixo. Aí ela passava a faca no pescoço da bichinha, e o sangue já escorria ali no prato. O sangue era reservado pra receita de galinha à cabidela.

Aron terminou de falar e estendeu a faca para a apresentadora. Ela ficou parada, com cara de paisagem, sem nem tentar entender o que viria a seguir.

— A primeira degolada a gente nunca esquece — disse ele.

— Você tá maluco?!

— Tudo bem. Não vai encarar? Eu faço o serviço sujo por você.

Num golpe rápido, Aron decapitou a ave com a faca afiada, fazendo esguichar um jorro de sangue em Catia, que não se conteve e soltou um berro.

— Aconteceu alguma coisa? — perguntou Aron.

— Como assim "aconteceu alguma coisa"? Você só pode estar de brincadeira! Pois, pra mim, chega! Chega!

Aron nem teve tempo de tentar deter Catia, que mal terminou de falar e já estava atravessando o portão baixo de ferro. Ela correu para o carro, que estava estacionado perto dali, na esquina da rua do café, e arrancou com tudo. No caminho, seu telefone tocou uma, duas, três vezes. Era Aron. Ela não atenderia, pois estava dirigindo. Tampouco atenderia quando chegasse em casa ou no dia seguinte. Nem no ano seguinte. Ele, então, gravou uma mensagem de voz:

Catia, eu fiz alguma coisa? Achei que você saiu daqui um pouco magoada. Pelo visto eu dancei, né? Deixa eu te falar, se a gente não for se ver mais, você pode me devolver meus vinte reais? Foi o que gastei com você no café. Sabe como é vida de estudante, voltei a ser duro. Do jantar nem vou cobrar nada não porque depois eu faço marmita e levo pra facul durante a semana. Beijo e desculpa qualquer coisa.

Receitas

Esfiha fechada

Massa:

50 g de fermento fresco
1 copo (240 ml) de leite
1 copo (240 ml) de óleo
4 ovos
2 colheres (sopa) de margarina
4 batatas cozidas amassadas
1 kg de farinha de trigo
Sal a gosto
Uma pitada de açúcar
1 ovo batido, para pincelar

Recheio:

50 g de carne moída
4 tomates verdes em cubos
2 cebola grandes picadas
Suco de 2 limões
Pimenta síria a gosto
Salsinha picada a gosto

Para a massa, dissolva o fermento no leite, junte o óleo, os ovos, a margarina e as batatas amassadas e mexa muito bem. Junte a farinha de trigo, o sal e o açúcar e mexa até a massa ficar homogênea. Deixe crescer em um recipiente fechado com filme de PVC até dobrar de volume.

Para o recheio, misture todos os ingredientes e espere 20 minutos para pegar gosto. Passe por uma peneira.

Pegue um pouco da massa, mais ou menos 50 g, abra não muito fina, coloque o recheio, feche e pincele ovo. Coloque em uma forma untada e enfarinhada e asse em forno preaquecido a 180 °C até dourar.

12.

Rayanne ainda estava deitada quando ouviu as palavrinhas mágicas: "entrevista de emprego".
— Quando? — quis saber.
— *Right now* — respondeu a voz grave do outro lado da linha.
— Raite o quê, seu moço?
— Pra ontem, minha filha.
Ainda sonolenta, ela anotou o endereço, vestiu-se rapidamente, engoliu seu chá de catuaba e seguiu para a rua. O lugar era na região dos Jardins, numa rua paralela à avenida Paulista.
— Seu Félix Pimenta — disse Rayanne, assim que pisou no restaurante.
— Da parte de quem? — perguntou o funcionário.
Rayanne não chegou a responder. Dos fundos do estabelecimento, com um pano de prato nos ombros, emergiu um senhor obeso, cabelos grisalhos despenteados, um bigode felpudo feito asa de andorinha, um cenho franzido que contrastava com sua massa corpulenta de bufão de *commedia dell'arte*.
— Vem comigo, minha filha — disse o sr. Félix, pegando Rayanne pelas mãos.
Os dois seguiram e entraram numa grande cozinha. Eram ainda dez horas da manhã, mas a confusão estava instaurada com os preparativos para os pratos do dia, que deveriam estar semiprontos no momento em que

o restaurante abrisse para o almoço. Panelas no fogo, pilhas de louça se acumulando, fornecedores entregando mercadoria, ingredientes espalhados pelo balcão. Para dar conta de toda a balbúrdia, apenas três cozinheiros se revezavam nas funções de lavar a louça, separar e picar os alimentos e preparar os pratos.

— Tome! — disse o sr. Félix, prostrado diante de uma grande panela, entregando uma colher de pau para Rayanne.

— O que é isso?

— Baião de dois. Mexa, minha filha. Mexa. De olho no ponto.

— Não foi isso que eu quis dizer. Eu sei o que é um baião de dois. Mas eu não tô entendendo o que tá acontecendo aqui. Eu vim fazer uma entrevista.

— Minha filha, olha ao redor. A entrevista fica pra depois. Agora é mão na massa!

Rayanne parecia não ter escolha. Começou a mexer o baião na panela.

— Abaixe o fogo! — gritou o sr. Félix.

Rayanne deixou o baião cozinhando em fogo brando com a panela parcialmente tampada para apurar o sabor e temperou as carnes que estavam separadas no balcão. Pimenta-do-reino fresca, coentro, alho, manjericão. Destampou as demais panelas para averiguar o cardápio do dia, experimentou o tempero de cada uma das refeições. Ajustou o sabor do escondidinho de carne-seca, que estava bem salgado, colocando um pouco mais de requeijão. Jogou mais água na panela de arroz carreteiro, que ainda estava em ponto de pré-cozimento. Estava tão compenetrada com a consistência do pirão que por pouco não sentiu o celular vibrar no bolso do avental.

— Rayanne Batista do Santos? — perguntou a voz do outro lado da linha.

— Ela mesma — respondeu, com certo receio.

Rico quando é chamado pelo nome espichado é reverência, pobre é problema, era o que costumava dizer dona Jurema. Mas, como toda regra tem exceção, a notícia que chegava aos ouvidos de Rayanne não poderia ser mais promissora. Era da produção do programa de Catia, anunciando a gravação com os pré-selecionados para o *Comidinhas do Brasil*, *reality* de culinária.

Rayanne deveria comparecer com um prato já preparado para a primeira fase da seleção.

— E pra quando é isso, moça? — quis saber Rayanne.

— Hoje, às cinco da tarde, no vão livre do Masp.

Rayanne olhou para o relógio. Faltava um pouco mais de seis horas para o horário estabelecido pelo programa. "Será que tudo nessa cidade é *raite nau*?", pensou.

Estava relativamente perto do local da prova, mas ainda precisava criar um prato original... E como faria isso entre tantas atribulações? Mexe daqui, acerta o ponto dali, descama o peixe acolá. Não era só o caldo de mocotó que fervilhava, mas sua cabeça também.

Pensou em sair correndo e ir para casa preparar uma porção de carne-seca com mandioca com um tempero que ela tinha criado e que, com certeza, impressionaria os jurados. Por outro lado, as coisas ali no restaurante pareciam correr bem. Seu conhecimento e suas habilidades culinárias pareceram impressionar o sr. Félix e os outros cozinheiros.

Não podia se dar o luxo de dispensar um provável trabalho. Mas abrir mão da oportunidade de sua vida não era fácil. Afinal de contas, tinha ido parar naquela selva de pedras atrás de um sonho. Era esse sonho o que a movia.

Baião de dois na mesa cinco. Mocofava na dezessete. Joelho de porco com arroz e pirão na vinte e dois. Buchada na nove. O tempo passou voando. Menos de duas horas para a gravação do programa. Suas aspirações esvaíam-se entre os dedos. Rayanne não se conteve. Caiu em prantos.

— O que foi, minha filha? Não tá acostumada com pressão? — solidarizou-se o sr. Félix.

— Não é nada disso — respondeu. — Eu tô amando isso aqui. Essa mistura de cheiros e temperos, essa correria, a comida chegando quentinha e saborosa à mesa do freguês... Eu sempre sonhei com essa bagunça!

— E então?

Rayanne contou ao sr. Félix sobre a inscrição no programa, que não esperava ser chamada no mesmo dia para o trabalho no restaurante e para a gravação.

— É um quadro pro programa de Catia, é? — questionou ele.

Rayanne respondeu afirmativamente.

— E você tá despombalecida assim por quê? — quis saber o dono do restaurante. — Se eu fosse você, tava era soltando fogos!

— Eu estaria, mas não dá mais tempo pra participar. Eu tenho que levar uma receita original pra mostrar e...

— Oxe, menina, você tá dentro de um restaurante! Ingrediente aqui é que não falta. E ainda dizem que essa geração é que vai mudar o mundo. Bora logo invencionar algo que tu ainda vai me trazer uma *selfie* com Catia!

Assim que terminou de ralhar com Rayanne, o sr. Félix colocou vários ingredientes no balcão à frente dela.

— Camarão, catupiry, tomate... E o que é que eu vou fazer com isso? — questionou ela.

— Dá teus pulos que tu num viesse ao mundo quadrada. Ou tá achando que a vida é bolinho?

***

Rayanne foi a última candidata a chegar. O nome de cada participante indicava onde ele deveria se posicionar atrás de um imenso balcão. Poucos minutos para as cinco, e ela ainda não havia encontrado seu nome no meio daquela pequena multidão de pretendentes a *chef de cuisine*.

— Ei, mina! Tá perdida? — Rayanne escutou uma voz chamar.

Virou-se. Era Jeferson.

— Você por aqui? — perguntou o rapaz, surpreso.

— Oi — sussurrou Rayanne. — Você viu meu nome?

— Rayanne, né? Vem comigo — respondeu Jeferson, pegando-a pela mão. — Tá por ordem alfabética. Você deve tá na quarta ou na quinta fileira. Poliana, Rafael, Rayanne. Tá aqui, ó.

Rayanne se posicionou.

— Meu, que fita! Quando você disse que tinha vindo...

Jeferson não teve tempo de concluir a frase. Ouviu-se a voz de Rodrigo ecoar no microfone:

— Atenção! Cada um em seu lugar! Silêncio! Vai começar! Um, dois, três, gravando!

Catia já estava a postos, microfone na mão.

— Oiê! Tudo bem? Estamos aqui no vão livre do Masp, esse cartão-postal belíssimo da cidade e, daqui a pouco, bem pouquinho mesmo, vamos conhecer os primeiros selecionados para o quadro *Comidinhas do Brasil*, o *reality* de culinária que vai mostrar que nosso país é um dos lugares mais sensacionais do mundo em termos de petiscos...

Enquanto Catia falava, Rayanne teve a impressão de que sua respiração estava tão alta que fazia algum tipo de ruído interferindo no desenrolar da gravação. Quase não acreditava que havia chegado até ali e que, em breve, se encontraria cara a cara com a mulher que estava entre seus maiores ídolos. Tinha passado anos vendo Catia pela TV, aprendendo receitas e a fazer peças de artesanato que entravam como um dinheirinho extra para complementar a renda, acompanhando os comentários sobre bastidores da TV com os colegas Mamma Bruschetta e Fefito...

Não existia ordem preestabelecida para provar os pratos. Catia passava aleatoriamente entre os candidatos. Acompanhada de dois chefs, Neuzinha Felicidade e Marco Antonio Lucci, a apresentadora experimentava as iguarias e dava o veredito. Positivo, a pessoa continuava no jogo. Negativo, deixava a competição.

Demorou uma eternidade até Catia se posicionar no balcão à frente de Rayanne.

— Olá, Rayanne! — disse a apresentadora, sorridente, depois de ler o nome na bancada.

— Oi — respondeu a nortista, apreensiva.

— Tudo bem com você? Tá nervosa?

— Um pouquinho.

— Não precisa ficar nervosa, menina. Eu sou boazinha. Conta pra gente, de onde é que você veio?

— Vixe, Catia, vim de longe. Vim lá do extremo norte do Brasil. Oiapoque, estado do Amapá.

— Menina! — espantou-se a apresentadora. — Que lonjura! Mas você tá morando aqui em São Paulo?

— Tô. Agora tô.

— E há quanto tempo tá aqui?

— Há alguns dias só.

— E tá gostando?

— Sim! Gostando que só!

— E seu prato? O que é que você trouxe pra gente comer hoje?

— Croquete.

— Croquete? — indagou Catia.

— Croquete de camarão.

— Hum... croquete de camarão? Menina, é meu ponto fraco! Sou viciada em qualquer tipo de frutos do mar! Quem é que não gosta daquele camarãozinho frito na hora com um limãozinho por cima, não é mesmo, Neuzinha?

— Eu adoro — comentou a jurada.

— E você, Marco Antonio? — Catia quis saber.

— Eu também gosto muito, mas depende da qualidade do camarão. Peixes e qualquer tipo de frutos do mar precisam estar bem limpos e frescos — ponderou o chef.

— Espero que vocês gostem — disse Rayanne, receosa.

— Espera? — bradou Marco Antonio. — Como assim *espera*? Achei que você apostasse mais na sua receita.

— Podem experimentar — corrigiu-se a moça. — Eu tenho certeza de que vocês vão gostar. E antes que eu me esqueça: os camarões usados na receita eram bem graúdos e frescos!

— Vou provar, então — disse a jurada, pegando um dos aperitivos e levando à boca.

Neuzinha, uma senhora de meia-idade, baixinha e de aparência bonachona, pegou um croquete e mordiscou. Rayanne olhou atentamente para seu semblante e nada decifrou. A jurada, então, pegou outro croquete.

Mordeu mais um pedaço sem nada demonstrar. Rayanne nunca pensou que um simples gesto de mastigar e engolir a deixaria tão apreensiva. Neuzinha pegou o terceiro croquete. Aquilo era um bom sinal.

— Eu gostei muito da consistência cremosa da massa. O que você colocou pra ficar desse jeito? — perguntou a chef.

— Requeijão cremoso — respondeu Rayanne.

— Jura? — indagou a jurada. — Desses de copo que a gente compra no mercado?

— No caso desse croquete, especificamente, usei aquele mais firme que aqui em São Paulo se usa nas pizzas, sabe?

— Ah, claro. Só mais uma curiosidade, minha linda — interveio, mais uma vez, Neuzinha. — Que tempero você usou que deu esse leve... eu diria... ardidinho?

— Um pouquinho de pimenta que não faz mal a ninguém. Pimenta-do-reino. Tem gente que gosta do sabor um pouco mais picante. Nesses casos, minha dica é aquele molho de pimenta pra acompanhar.

— Não vou nem perguntar se você gostou, né, Neuzinha? Já está no terceiro! — ironizou Catia.

— Hum, menina, quanto é que você tá cobrando o cento? — brincou Neuzinha. — Por mim, tá aprovada.

Rayanne não conteve um grito de felicidade.

— Calma, calma — disse Catia. — Ainda faltam dois votos. Marco Antonio, vem aqui comer o croquete da Rayanne.

Marco Antonio, senhor de uns setenta anos, semblante carrancudo, trajando preto da cabeça aos pés, pegou o petisco, cheirou-o e, sem cerimônia, comeu.

— Rayanne, eu havia dito que, em qualquer receita com camarão, é importante que ele esteja bem fresco, lembra? — indagou Marco Antonio.

— Sim, claro.

— Quando foi que você comprou esse camarão?

— Eu peguei no restaurante onde eu trabalho. É um estabelecimento respeitado, o camarão costuma ficar refrigerado a uma temperatura...

— Não precisa dizer mais nada. O gosto realmente está muito bom, porém você tem que tomar muito cuidado pra não deixar qualquer aperitivo encharcar na gordura. Olha para minha mão, tá brilhando pelo simples fato de não ter usado um guardanapo — sentenciou o jurado, fazendo com que Rayanne perdesse o chão.

— Desculpa, por que você não experimenta com o molho de pimenta que eu trouxe? — ponderou Rayanne.

— Dessa vez, não. O salgado já está oleoso e você ainda quer que eu o encharque mais?

— Eu juro que vou me atentar a esse detalhe da próxima vez...

— Não haverá próxima vez. Pelo menos, no que depender de mim, você não vai para a próxima fase.

Rayanne murchou. Do lado de fora do cenário, observando tudo, Jeferson cruzou os dedos. Da casa no Oiapoque, dona Jurema entrelaçou as mãos, mantendo os olhos fixos na tela da TV.

— Cabeça erguida, minha filha, cabeça erguida. O que é do homem, o bicho não come.

Do restaurante, o sr. Félix acompanhava sua mais nova pupila com o coração acelerado e o suor a escorrer pela testa.

— Égua, não! Segura as pontas, menina, que Catia vai te salvar.

Do sobrado da Vila Romana, dona Marly assistia atenta ao programa da filha.

— Jurado metido a besta — soltou, falando consigo mesma. — Não fui com a cara desse pelego. Mas agora é com você, minha filha. Deixa a indiazinha ficar.

De frente para Rayanne, Catia olhou firme em seus olhos. Muitas vezes já tinha estado naquela situação de insegurança, de não saber o que o futuro lhe reservava. Não podia se deixar influenciar pela vulnerabilidade dócil daquela moça de traços indígenas. Estava ali para fazer um julgamento isento, racional. Mas, quando sentiu o primeiro pedaço do croquete de camarão dissolver-se na boca, teve vontade de mandar a racionalidade às favas. A casquinha crocante que se rompia dando lugar à cremosidade da massa apetitosa, a mistura suave de temperos picantes, o gosto marcante do camarão, tudo isso lhe causou uma sensação de deleite indescritível.

— Rayanne — disse, por fim, Catia, depois de experimentar o croquete —, eu tenho que concordar com o Marco Antonio. Os croquetes poderiam estar um pouco mais secos. Uma boa dica pra isso é fritá-los aos poucos. Não coloque muitos de uma vez na frigideira. Você pode também substituir o óleo por gordura vegetal. Sabe por que eu estou te dando essas dicas? Porque eu quero comer muitas outras vezes essa iguaria. Meu Deus do céu, menina! Que tempero é esse? Você vai para a próxima fase!

O veredito final de Catia fez Rayanne vibrar. Seus pensamentos eram vários e estavam em polvorosa. Mas, naquele momento, pensou na empolgação da mãe, no Oiapoque e em como valia a pena ter insistido em seguir seu sonho. Era apenas a primeira etapa de muitas que estavam por vir, mas alguma coisa lhe dizia: "segue teu rumo que você está no caminho certo".

Receitas

Croquete de camarão

1 colher (sopa) de alho picado
¼ de xícara (chá) de azeite
400 g de cebola bem picada
2 tomates grandes
1 kg de camarão sem casca e limpo
4 colheres (sopa) de salsinha
1 colher (chá) de pimenta vermelha
450 ml de água
1 colher (sopa) de sal
3 tabletes de caldo de camarão
200 g de requeijão cremoso
300 g de farinha de trigo
3 ovos, para empanar
3 xícaras (chá) de farinha de rosca

Frite o alho no azeite, coloque a cebola e refogue bem. Depois, junte o tomate e deixe amolecer. Então acrescente o camarão, a salsinha e a pimenta. Refogue levemente e coloque a água e o sal. Acrescente o caldo de camarão e o requeijão cremoso. Após cozido, coloque a farinha e mexa até soltar do fundo da panela.

Deixe esfriar, modele no formato de croquete pequeno, passe pelo ovo batido e pela farinha de rosca.

Se for congelar os croquetes, faça isso em um recipiente aberto e, só depois de bem congelado, coloque em um saquinho – retire bem o ar, feche e congele.

13.

CATIA FOI PEGA DE SURPRESA QUANDO entrou na sala de reunião na sexta pela manhã. Assim que abriu a porta, escutou o estampido do champanhe que Rodrigo estourou. Carla, Nery e Léo estavam radiantes.

— O que tá acontecendo? — perguntou a apresentadora. — Alguma data especial? Algum casamento? Nasceu o filho de alguém?

— O filho já veio ao mundo — respondeu Rodrigo. — E se chama *Comidinhas do Brasil*. Nosso quadro é um sucesso! Além de ter sido responsável pelo pico de audiência da semana, triplicou o número de patrocinadores!

— Olha só! — surpreendeu-se Catia. — Parece que o jogo virou, não é mesmo? E pensar que algum tempo atrás programas de culinária eram considerados subproduto, né, Rodrigo? Coisa de mulherzinha...

— Os tempos mudam, Catia — disse Rodrigo, entendendo a indireta mais de duas décadas depois do comentário que a motivara. — As pessoas também.

— Algumas menos que outras — alfinetou Catia.

— Gente, o momento pede comemoração — interveio Carla, erguendo a taça. — Um brinde ao *Comidinhas do Brasil*!

— Um brinde! — disseram todos em uníssono, brindando. Ou quase todos: para quem tinha estourado champanhe minutos antes, Rodrigo estava com cara de quem não tinha nada a comemorar.

— Hum... tão festejando e nem me chamam, né? — disse Mamma Bruschetta, abrindo a porta.

— Mamma! — exclamou Catia. — A gente tá aqui comemorando o sucesso do quadro novo! Entra! Toma uma taça com a gente!

Quando Mamma entrou, não havia mais taças na mesa.

— Vou beber onde, posso saber, dona Catia? — brincou Mamma.

— Toma, Mamma! Eu já tava mesmo de saída — disse Rodrigo, entregando-lhe sua taça e irrompendo porta afora.

— Xi... Torta de climão — comentou Carla.

— Ai, gente, tem motivo pra ele estar tão estressadinho? — perguntou Catia.

— Você também não dá uma folga, né, Catia? O cara tava aqui comemorando o sucesso do quadro que ele sugeriu... — interveio Nery.

— Falei alguma mentira? — questionou Catia. — Ele era o maior detrator de programas de culinária.

— Tô sentindo o clima meio pesado, galera — disse Léo. — A gente podia aproveitar a sexta e sair todo mundo pra se divertir. O que vocês acham?

— Boa — soltou Catia —, sabe que eu tava pensando nisso, Léo? Tem uma coisa que eu nunca fiz na vida e acho que já tá passando da hora de fazer.

— Uma coisa que você nunca fez na vida? O que é? Já sei! Tá querendo fazer uma suruba! — apontou Carla.

— Beijar uma mulher! — desconfiou Mamma.

— Usar drogas? — perguntou Léo.

— Ir a uma praia de nudismo? — indagou Nery.

— Não, gente! Que mente poluída essa de vocês! Eu só quero sair pra dançar! Eu nunca fui a uma balada!

— Você nunca foi a uma balada? — surpreendeu-se Léo.

— Nunca, nunquinha.

— Então, temos que dar um jeito nisso — afirmou Léo. — Desta noite você não passa sem se jogar num bate-estaca, *mon amour*.

***

When I see your face,
There's not a thing that I would change
Cause you're amazing,
Just the way you are
And when you smile,
the whole world stops and stares for a while
Cause girl you're amazing,
Just the way you are

Logo que entrou no salão da Blue Space, Catia sentiu uma espécie de torpor, aquele friozinho na barriga típico de quando se faz algo pela primeira vez. Teve a impressão de que as pessoas ali presentes, majoritariamente homens gays, carregavam uma vontade de ser feliz. Na pista, as pessoas brilhavam e extravasavam as tensões do dia a dia. O preconceito da sociedade e da família, a falta de grana, o descontentamento com o trabalho, tudo isso ficava do lado de fora.

"Ninguém entra numa boate para dar close errado", foi o que Catia ouviu assim que pisou na Blue. Estava acompanhada de Léo, João e Chico. O casal ia com frequência ao local, dançava até o amanhecer. Chico acompanhava os pais algumas vezes; gostava da música e dos shows de *drags*.

Catia também gostou do som. Queria logo ir para o centro da pista, conectar-se com a energia daquelas pessoas. Foi interceptada por Léo.

— Aonde você pensa que vai? — perguntou o amigo.

— Pra pista. Não foi pra isso que a gente veio? Pra dançar?

— Ah, *darling*, não seja profana — continuou Léo. — É a primeira vez que você pisa neste solo sagrado. Antes de abrir os trabalhos, você deve reverenciar a deusa.

— Deusa? — surpreendeu-se Catia.

— Sim. A deusa. A maior. A absoluta, necessária, japonesa. Santa Cher. *Repeat with me* — disse Léo. — "Santa Cher que brilha, glamourizado seja vosso figurino. Venha a nós o vosso luxo e seja feita a vossa lacração, tanto na pista como nos palcos. Nos dai a vodca de cada noite e perdoai nossos deslizes, porém não perdoaremos as cafonices alheias. E não nos deixei cair de nossos Pradas, livrai-nos dos Crocs. Arraaasa!"

Não conseguindo conter o riso, Catia repetiu frase por frase da oração dita por Léo. Como num passe de mágica, assim que proferiram a última palavra do mantra sagrado, ouviram os primeiros acordes de "Believe" e ficaram ensandecidos.

— Eu amo essa música! — exclamou Catia, enquanto iam todos para a pista.

"Do you believe in life after love?", essa era a pergunta que ela vinha se fazendo havia algum tempo. E, sim, ela acreditava. Na vida. Nos amigos. No inusitado. No acaso. Nos bons encontros. No que estava por vir. *"I let it fall, my heart, and as it fell, you rose to claim it"*, cantou na sequência Adele, com sua voz inconfundível, numa versão remix do hit. No palco, uma *drag queen* vestida de Mulher-Maravilha batia cabelo numa velocidade tão estonteante que parecia que a qualquer momento ela poderia descolar-se do pescoço e sair rolando pelo meio da pista, tal qual numa cena de filme *trash* de terror. A performance, somada ao êxtase do público que gritava e aplaudia e ao ritmo acelerado do techno, fazia com que um clima de euforia tomasse conta dos quatro amigos.

A primeira vez a gente nunca esquece, segundo o dito popular. Catia realmente não esqueceria seu debute na noite ao lado dos amigos. Estava tão empolgada que nem se deu conta que estava sozinha na pista fazia tempo. Onde tinham ido parar Léo, João e Chico? Resolveu dançar mais um pouco. Deviam estar por perto. Certamente tinham saído para comprar bebida ou ir ao banheiro e logo voltariam. Não voltaram.

Vinte minutos se passaram, meia hora, e nada. Catia começou a ficar encafifada. *Onde é que estão esses malucos?* Saiu para procurá-los, mas a pista estava cheia e mal dava para se locomover. Foi até o bar, a área externa, perto dos banheiros, e nada. Ligou para os três. Caixa postal. *Estranho, muito estranho*. Resolveu ficar mais um pouco, chamou um uber e partiu. Minutos depois, estava em frente ao portão da casa de Léo. Abriu sua bolsa para pegar a chave e... *Ah, droga! Onde eu deixei as chaves?* Tocou o interfone repetidas vezes. Na cozinha, Léo, João e Chico escutaram o som estridente do aparelho, mas permaneceram imóveis.

— Tadinha... — disse João. — Tá lá fora nesse frio, tomando sereno. Vou abrir.

— Não! — sentenciaram Léo e Chico ao mesmo tempo.

— Não faz a Sonsiane, João! Esse não foi o combinado quando a gente decidiu pegar a chave da bolsa dela! — advertiu Léo.

— Mas será que vai dar certo? — perguntou João.

— Vai, claro que vai. Acabei de enviar uma mensagem pro grupo, e o Nery disse que já tá tudo no esquema.

— Ela tá indo embora! — disse Chico, espiando por trás da cortina.

— Pronto! Agora a operação cupido entra na reta final! — disse Léo, enquanto digitava uma mensagem no WhatsApp.

Do lado de fora, Catia caminhava pela rua sem saber direito o que fazer.

— Onde é que esses três malucos se meteram? — perguntava-se. — *Oh, my Gosh!* Onde é que eu vou dormir?

Tinha resolvido chamar um uber e ir para um apart-hotel quando escutou uma buzina. Olhou para o lado e viu que o carro andava devagar, como se a seguisse. *Quem disse que o que tá ruim não pode piorar?* Apertou o passo. A rua estava deserta e não queria dar trela para nenhum engraçadinho.

O vidro do carro abaixou, e Catia escutou a voz do motorista gritando:

— Ei!

Virou a esquina, veloz. O carro continuava seguindo a apresentadora, que sentiu o coração disparar.

— Ei, Catia! — Catia escutou dessa vez e olhou para o motorista. Era Rodrigo Riccó.

— Ah, não! — Ela se irritou. — Rodrigo, pelo menos dessa vez, me erra!

— Ei, calma! Aonde é que você vai sozinha a uma hora dessas? — perguntou ele, dirigindo devagar para acompanhar os passos dela, que continuavam acelerados.

— Não é da sua conta, mas, já que você quer saber, eu tava esperando um uber até um maníaco começar a me seguir. Tô indo prum apart.

— Mas o que foi que aconteceu?

— Eu tava numa balada com os rapazes e, de repente, todos eles sumiram. Cheguei agora em casa e... adivinha? Não sei onde deixei minhas chaves. Pra completar, não tem ninguém em casa.

— Entra aí — disse Rodrigo.

— Não precisa, pode deixar que eu me viro — disse ela, desacelerando o passo.

Rodrigo estacionou.

— Entra aí. É perigoso ficar sozinha na rua uma hora dessas.

— Tudo bem. — Catia aceitou e abriu a porta do carro. — Você pode me deixar num apart?

— Dorme lá em casa hoje, Catia.

— Mas nem pensar! Eu só aceito sua carona se você me deixar num apart — disse ela, fazendo um gesto de quem ia abrir a porta para sair.

— Catia, larga de ser teimosa! Tá tarde, você dorme lá em casa, pode dormir na minha cama, eu durmo no sofá.

Catia hesitou.

— Sério — insistiu Rodrigo. — Não tem nada de mais. Apesar das nossas desavenças, você está precisando, e eu posso ajudar. Tenho certeza de que você faria o mesmo por mim.

Ela duvidou de que fizesse o mesmo se a situação fosse inversa, mas assentiu.

— Tudo bem, mas eu durmo no sofá.

***

— Pronto — disse Rodrigo, assim que forrou o sofá com um lençol. — Travesseiro, edredom, uma camiseta e um short pra você ficar mais à vontade. Tá com fome?

— Posso ser sincera? Tô varada de fome!

— Vou ver o que tem na geladeira — disse Rodrigo, saindo em direção à cozinha.

Ele ainda estava parado em frente à geladeira aberta, espiando o que tinha, quando Catia apareceu vestida com a camiseta e o short que ele havia emprestado.

— Pode deixar, Rodrigo — disse ela. — Eu vou dormir. Não é hora de comer.

— Que isso! Só um minuto que já faço uma comida pra gente. Deixa eu ver... Manteiga, presunto, creme de leite, ovos... Já sei. Vou fazer um espaguete ao creme que você vai comer rezando.

— E desde quando você sabe cozinhar?

— Opa! Quer apostar?

Catia não quis emitir opinião sobre os dotes culinários de Rodrigo, pois até então ela os desconhecia. Aguardou com um misto de ressalva e curiosidade para experimentar o espaguete. Quando deu a primeira garfada, deleitou-se.

— Hum... Que delícia! — exclamou.

— Gostou?

— Amei! Mas deve engordar horrores, né? Porque creme de leite...

— É light — interrompeu Rodrigo.

— Entendi. Que marca é?

— É caseiro. Eu mesmo fiz.

— Gente! Tô passada! Olha, pra quem entrava numa cozinha só para comer, até que você tá me saindo melhor que a encomenda, hein?

Rodrigo suspirou.

— Ainda esse papo, Catia? Eu era moleque, machista. Tive que aprender as coisas na marra quando fui morar sozinho. Tive que me virar, comecei a cozinhar, peguei gosto pela coisa.

— OK, juro que não toco mais no assunto. Depois desse espaguete você se redimiu. Tem mais desse molho aí?

— Tá aqui — disse ele. — Vem cá, que balada é essa a que você foi?

— Blue Space. Me diverti horrores, até me dar conta do sumiço dos meninos.

— Pelo visto não foi só eu que mudei, né? Quem te viu, quem te vê.

— É... Sabia que eu nunca tinha ido numa balada na vida? Aliás, tem muita coisa que eu não fiz na vida e ainda quero fazer.

— Como o quê?

Catia pensou por alguns segundos.

— Sei lá. Andar de balão.

— Sério? Eu andei uma vez. É uma das melhores sensações da vida. Você voando alto, em contato direto com o céu... A sensação é de quase flutuar.

— E você? — perguntou Catia.

— E eu o quê?

— O que você nunca fez e tem vontade de fazer?

—Ah, sei lá. Nunca parei pra pensar nisso. Tem muita coisa ainda que quero fazer, mas nada específico. Gosto da minha vida, do meu trabalho, da minha filha. Às vezes, sinto falta de uma companheira pra esquentar meu pé no inverno, essas coisas bobas — divagou Rodrigo, percebendo que Catia o olhava com um sorriso.

— Bem... — disse ela, tentando disfarçar a atenção que estava dando a ele. — Tá tarde, né? Melhor eu dormir. Tô aqui caindo de sono.

— Beleza. Vai lá. Já tá tudo arrumado. Boa noite.

— Boa noite — respondeu Catia, saindo e se deitando no sofá.

Rodrigo ficou mais um tempo na cozinha, dando um jeito na louça. Quando passou pela sala, Catia já havia caído no sono. Fazia um friozinho, então ele foi até ela e a cobriu com o edredom. Quando chegou ao parapeito para fechar a janela, viu que estava amanhecendo. Depois de vários dias nublados, parecia enfim que o sol voltaria a dar as caras, já que despontava no horizonte uma luz suave.

Olhou para a rua e percebeu que havia dois pássaros em um fio. Fazia dias que ele reparava naqueles pássaros. Eram os mesmos. Estavam sempre juntos. Sempre que um levantava pouso, o outro ia atrás. Gostava de vê-los tão cúmplices. Fechou a janela e as cortinas.

Foi se deitar.

Receitas

Espaguete ao creme

500 g de espaguete
Sal
2 colheres (sopa) de manteiga
1 xícara (chá) de presunto picado
2 ovos batidos
1 lata de creme de leite
Pimenta-do-reino
50 g de queijo parmesão ralado

Cozinhe o espaguete *al dente* com um pouco de sal e reserve.

Coloque a manteiga na panela e, quando derreter, acrescente o presunto picado e frite-o um pouco.

Junte o espaguete, os ovos, o creme de leite, a pimenta e o queijo. Mexa bastante até cozinhar bem.

14.

CATIA AINDA DORMIA PROFUNDAMENTE quando foi acordada pelo som de seu celular vibrando. Olhou na tela. Era Léo. Atendeu.

— Catia, *darling*, tá tudo bem? Onde foi que você se meteu, criatura? — perguntou o amigo, com o telefone no viva-voz; João e Chico escutavam a conversa. — Tá todo mundo aqui em casa morto de preocupação!

—Ah, não me diga! Eu é que pergunto: onde foi que vocês se meteram que eu procurei vocês como uma louca ontem? Tomaram chá de sumiço, os três?

— Nós? Imagina! — dissimulou Léo, enquanto João e Chico seguravam o riso. — A gente tava na pista. A senhora foi quem sumiu. O que é que rolou?

— Não encontrei vocês e resolvi ir embora, só que quando cheguei em casa dei com os burros n'água. Tava sem chave e ninguém atendeu ao interfone. Por que é que vocês não atenderam ao celular?

— Catita, nós não levamos celular.

— Nenhum dos três? — questionou Catia.

— É que a gente gosta de sair despreocupado quando vai pra balada. Mas, vem cá, onde você tá agora?

— Eu... eu... eu tô chegando em casa, Léo. Daqui a pouco eu te explico — disse, desligando o telefone e se levantando.

Estava juntando as roupas para se trocar no banheiro quando Rodrigo apareceu na sala, segurando uma fatia de pão.

— Já tá indo embora?

— Já, obrigada pela hospitalidade, Rodrigo, mas tá mesmo na minha hora.

— Hora? Hoje é sábado, dia de folga. Eu acordei mais cedo e fiz um pão de calabresa, especialidade da família. Vem provar, tem café coado também.

— Valeu. Valeu mesmo, mas tenho que ir — disse Catia, por fim, indo para o banheiro.

O celular de Rodrigo vibrou. Era uma notificação do grupo operação cupido.

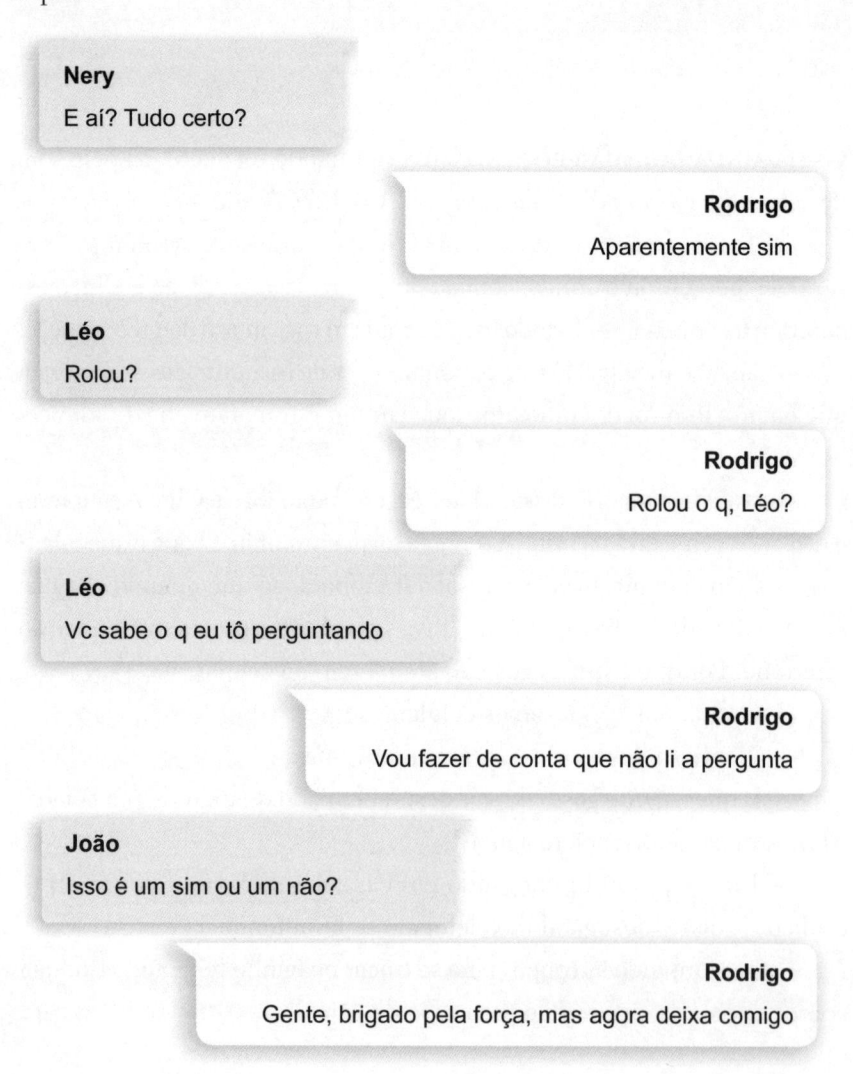

Nery
E aí? Tudo certo?

Rodrigo
Aparentemente sim

Léo
Rolou?

Rodrigo
Rolou o q, Léo?

Léo
Vc sabe o q eu tô perguntando

Rodrigo
Vou fazer de conta que não li a pergunta

João
Isso é um sim ou um não?

Rodrigo
Gente, brigado pela força, mas agora deixa comigo

> **João**
> Xi. Vai cortar a banda larga no auge da temporada?

> **Chico**
> Gente, se ele n quer falar, deixa. É direito dele

> **Rodrigo**
> Não é q eu não queira falar. É q acho q tem gente demais nessa história. Brigado mesmo pelo que vcs fizeram, mas agora a coisa fica mais pessoal

Catia voltou do banheiro, e Rodrigo digitou rapidamente que não podia continuar falando no grupo.

> **Nery**
> Ela tá aí ainda? Bom sinal.

> **Léo**
> #xatiada
> Será que a gente já pode excluir esse grupo?

> **João**
> Vai ser o grupo menos duradouro de que já participei.

> **Chico**
> Tomara que sim. Sinal de que a missão do grupo foi concluída.
> RIP Operação Cupido.

— Bem, vou indo nessa — disse Catia.
— Beleza. Até segunda, então.
— Até — disse Catia, encaminhando-se para a saída.
Rodrigo correu e abriu a porta do apartamento. Em seguida, foi até o corredor e chamou o elevador.

— Tempinho bom esse, né? Friozinho com sol — disse Rodrigo.

— Maio, né? Melhor mês do ano, eu acho.

— Mês das noivas.

— Quê?

— Sei lá. Me passou pela cabeça. Maio, mês das noivas. Bobagem.

— O elevador chegou. Tchau.

— Tchau.

Quando Catia foi embora, Rodrigo se pegou sorrindo. Nada havia acontecido. Nenhum beijo, nenhuma palavra ao pé do ouvido, nenhuma declaração de amor, mas, de modo quase imperceptível, ele sabia que uma bandeira branca havia sido hasteada entre os dois.

***

Não é simples descrever com exatidão o que representa viver numa cidade como São Paulo. Que cidade é essa que recebe pessoas do mundo inteiro, atraídas por sua faceta cosmopolita? A metrópole que abarca diversas culturas e crenças – italiana, alemã, judaica, portuguesa, japonesa, chinesa, francesa, africana, árabe, espanhola, latina, brasileira, paulistana.

Dizem que o sol nasce para todos. O fato é que, quando o dia amanhece na Pauliceia, milhares de pessoas sonham com a perspectiva de que o inesquecível aconteça ao dobrar uma esquina. Pode ser que os acontecimentos não se tornem memoráveis assim de maneira tão categórica, mas, com o passar dos dias, que se transformam em semanas, que se convertem em meses, que, por sua vez, se transfiguram em anos, tornam-se o resultado das escolhas que formam uma vida.

Aqueles dias de maio seriam inesquecíveis para Catia por um motivo prosaico, mas que, por isso mesmo, merecia sua atenção. Nada de incomum estava acontecendo, pelo contrário. A rotina não poderia ser menos variada: casa-trabalho, trabalho-casa. É certo que ela vinha se divertindo mais com os amigos e também andava visitando alguns apartamentos na pressa de encontrar logo um canto para chamar de seu. Mas o que tornaria a lembrança daqueles dias tão especial, quando estivesse sentada à frente de uma lareira, passando a história de sua vida a limpo para os netos, era a energia sublime do que estava por vir.

Isso ela ainda não admitia nem para si mesma, mas a lembrança envolveria seu olhar cruzando com o de Rodrigo para, em seguida, ambos soltarem um riso meio sem graça; sua respiração suspensa depois de suas mãos se tocarem sem querer numa reunião de trabalho; os instantes em que passavam mudos quando, por acaso, caminhavam juntos para o estacionamento na hora de ir embora.

Do mesmo modo, os dias – e mais precisamente as noites de maio – seriam inesquecíveis para B. Tany e Chico, quando se lembrassem das sessões em que ele desbravava cada detalhe do corpo dela. Enquanto os encontros entre os dois avançavam mês adentro, secretamente, eles pensavam em como continuar a se ver fora do ateliê. Algum jeito eles dariam para priorizar os momentos que dividiam falando da vida, de filmes, viagens e outros tantos assuntos que se revelavam comuns entre eles.

Rayanne também guardaria aquele mês de maio como um dos mais marcantes da vida. Havia chegado fazia pouco mais de um mês a São Paulo, com parcas economias e muita esperança. Sem trabalho e com muitos sonhos. Aquelas semanas tinham passado mais rápido que a velocidade da luz, mas também tinham lhe trazido gratas recompensas: fora contratada como cozinheira no Casa do Norte, restaurante do sr. Félix, e era uma das quatro semifinalistas do *Comidinhas do Brasil*.

Os outros eram: Princess, loira platinada, cuja especialidade eram cookies e muffins confeitados dos mais diversos tipos, formatos e sabores; Watanabe, descendente de japoneses, especialista na preparação de temaki de salmão e especiarias brasileiras; e Jeanne, uma garota gordinha que sempre chegava com os petiscos ligeiramente desmontados na apresentação para os jurados, pois não resistia ao cheiro da própria comida e acabava beliscando antes de servi-la. Os quatro candidatos viraram febre nas redes sociais, conquistando fãs que chegavam a fazer guerra de *likes* para saber qual deles tinha mais curtidas no mundo virtual.

— OK, valeu! — gritou Rodrigo, ao final da gravação na última sexta-feira de maio.

Catia se arrumou depressa, porque estava quase na hora de sua consulta com doutora B. Tany. Rayanne também estava saindo de forma intempestiva – desde o início do *reality*, o sr. Félix tinha tornado seu horário maleável, mas ela não queria abusar e sempre corria das gravações para o restaurante, e vice-versa – quando foi interpelada por Jeferson.

— Rayanne! — gritou o assistente de produção.

— Pois não?

— Tá com pressa, é?

— Um pouquinho. Vai falando que tô pegando o beco.

— Que beco?

— Tô indo embora, foi o que quis dizer.

— Ah, tá. Tem mó tempo que tô pra te falar umas paradas.

— Umas paradas?

— É. Assim, na firmeza mesmo...

Jeferson empacou no meio da frase. Tinha construído toda a conversa na cabeça, mas agora, caminhando ao lado dela, não lembrava mais nada do que pensava em falar – até porque, na imaginação dele, Rayanne tinha pelo menos parado para escutá-lo. Ela continuou andando em silêncio, sem qualquer reação que pudesse ajudá-lo. Ele resolveu ser direto:

— Tu não tá a fim de sair comigo? Sei lá. Dar um rolê no shopping, ver um filme...

— Jeferson... — Rayanne parou de andar e o olhou nos olhos. — Tu é um cara muito legal. Mesmo. Mas não dá.

— Poxa. Na lata. Teve uma hora que eu até achei...

— Não é nada disso. Você é lindo, educado, gente boa, mas trabalha no programa.

— E daí?

— E daí que não posso ficar com você. Já pensou no que as pessoas vão falar se descobrem que tô namorando um cara que trabalha no programa? Vão falar que tô aqui por pistolão. E se eu ganhar? Vão dizer que foi tudo combinado! Não rola.

— Mas Rayanne...

— Te aquieta. É melhor esquecer essa história. Tô atrasada. Tchau — disse Rayanne, acelerando o passo.

***

— Hum. O que é que tá acontecendo? — perguntou B. Tany, enquanto massageava as costas de Catia.

— Nada. Por quê? — respondeu ela, deitada na cama de massagem.

— Suas costas. Parecem algodão. Nem parece a Catia de um mês atrás, toda travada. Muitas tensões se desanuviaram...

— Pode ser. Eu voltei a correr, né? Você sabe como correr me faz bem.

— Sei. Mas, além disso, parece que a vida tem corrido bem também, né?

— Dentro do possível, sim. Tirando essa história dos encontros que eu já descartei. Deus que me livre! Chega de confusão! É só roubada! Mas o programa tá indo bem, eu tenho saído mais com os meninos. Te contei da balada a que fui?

— Balada?

— É. Eu nunca tinha ido a uma balada.

— E gostou?

— Amei. Mas aí... — Catia parou por instantes.

— Aí? — quis saber B. Tany.

— Aí os meninos sumiram. E eu não achava mais eles nem a chave de casa. Resumo da história: acabei dormindo na casa do Rodrigo.

— Rodrigo. Aquele Rodrigo que você odeia?

— É. Mas você sabe que nem tô odiando muito mais. Ele é meio antipático, meio dono da verdade, às vezes, mas acho... Ui! O que é isso que você fez agora, B. Tany? Faz de novo!

— Eu não fiz nada! — respondeu B. Tany.

— Como assim não fez nada? Eu senti um arrepio percorrendo a espinha.

— Foi seu chacra muladhara que liberou toda uma corrente de eletricidade quando você falou o nome dele.

— Dele? — perguntou Catia.

— Dele. Do Rodrigo. Catia, você tá apaixonada.

— Eu? Imagina!

— Isso não foi uma pergunta. Foi uma afirmação — disse B. Tany.

— Você tá louca? — reagiu Catia, virando de repente. — Isso não tem o menor cabimento. Eu e o Rodrigo, tudo bem que a gente já não se odeia tanto, mas daí à paixão... Você tá completamente equivocada.

— Completamente equivocada estará você ao não assumir esse sentimento que já tomou conta do seu corpo e da sua alma.

— Chega, B. Tany! Por hoje chega! Está encerrada a sessão! — disse Catia, antes de se levantar, agitada, e sair batendo a porta.

Receitas

Pão de calabresa defumada

1 tablete (15 g) de fermento biológico fresco
2 colheres (sopa) de açúcar
1 colher (sopa) rasa de sal
1 ovo
1 xícara (chá) de água gelada
1 colher (sopa) de manteiga
4 xícaras (chá) de farinha de trigo
2 peças de calabresa defumada

Numa tigela, dissolva o fermento no açúcar, adicione o sal, o ovo, a água e a manteiga; mexa bem e acrescente a farinha de trigo aos poucos, até a massa ficar homogênea. Deixe descansar por aproximadamente 30 minutos.

Divida em porções de 100 g e abra a massa em um retângulo. Coloque a calabresa cortada em rodelas, feche e boleie, ou faça um filão. Deixe fermentar por mais 30 minutos ou até dobrar de volume.

Leve ao forno preaquecido a 180 °C até dourar.

15.

— Pronto — disse Chico, virando a tela para B. Tany. — *C'est fini*. De agora em diante, você está livre!

Livre. B. Tany nunca tinha pensado em como ficaria triste em ouvir aquela palavra. Livre. Livre para quê? Para pegar o caminho de volta para casa, andando cabisbaixa pela Augusta naquela noite fria. Livre para chegar em casa, abrir a porta e dar de cara com ninguém. Livre para assistir a uma série nova no Netflix ou ler um livro diferente – havia três enfileirados no criado-mudo –, quando na verdade queria dividir uma taça de vinho tinto seco com Chico, os dois dando boas risadas enquanto assistiam juntos a uma comédia romântica antiga com Julia Roberts ou Sandra Bullock.

Olhou seu retrato. Era uma bela pintura. Seu corpo pequeno repleto de tatuagens, seus grandes olhos castanhos, sua pele morena queimada de sol, os seios diminutos, um pedaço de bolo na mão esquerda enquanto a outra mão levava um garfo à boca, com um dos dentes sujo por causa da iguaria. *Moça com dente sujo de bolo*. B. Tany sorriu. Havia em seu sorriso um misto de afeição e melancolia causada por sua imagem vista pelo olhar de Chico. Naquele quadro, via-se como uma mulher adulta, mas ao mesmo tempo peralta, sedutora e ingênua, alegre e desencantada.

— E agora? — perguntou B. Tany.

— Agora é esperar — respondeu Chico. — Daqui a dois meses começa a exposição.

— E agora, quando é que a gente vai se ver de novo? Foi o que eu quis dizer — soltou num rompante B. Tany, pegando Chico de surpresa.

— Ah... no que depender de mim — respondeu, desconcertado, passando a mão no cabelo —, o mais breve possível. Eu gostei de você, do papo. Acho que a gente tem muita coisa em comum.

— Um cinema?

— Eu topo. Quando?

— Eu vou ver se tem alguma coisa legal em cartaz e te aviso. — "Por que já não chama logo pra ir pra sua casa, idiota?", pensou. — Bem... vou indo nessa.

B. Tany e Chico trocaram beijinhos no rosto. Quando saiu do ateliê, ela correu até a loja de bolos, que já estava quase fechando.

— Só um minuto — disse e entrou correndo.

— Vai querer o prestígio? — perguntou a atendente, que, no sinal afirmativo de B. Tany, cortou um pedaço.

A terapeuta a interrompeu.

— O bolo inteiro, por favor. Pra viagem.

**

Quando o 106A-10 passou, Rayanne já esperava no ponto fazia alguns minutos. Entrou e se acomodou num banco.

— Ei, motorista! — ouviu um retardatário gritando, batendo na lataria do ônibus. O motorista parou, e Jeferson entrou.

— Valeu, grande! — disse o assistente de produção.

Jeferson passou a catraca e percebeu Rayanne ao fundo. Sentou-se no banco vago ao lado dela. Estava com um saco de coxinhas que sobraram dos petiscos das gravações do *reality*, mais cedo naquele dia.

— Quer uma? Tá uma delícia.

— Não, brigada. De petiscos já basta a overdose dos meus, que tenho de provar para ver se estão bons. E você? Ainda por aqui numa hora dessas? — perguntou Rayanne.

— É. Voltando da facul. Puxado. Ainda bem que amanhã é sábado. E você?

— Voltando agora do restaurante. Pra mim não tem sábado nem domingo.

— Entendi. E você não folga nunca?

— Folgo. Durante a semana e um domingo por mês.

— Bem-vinda a São Paulo, mina.

— Haha, valeu. Mas num tô reclamando, não. Sabe que tô até gostando? Às vezes bate uma saudade de mãinha, uma vontade de tomar banho de rio, mas a vida é assim, né? Perde aqui, ganha ali.

— Ô! Eu que sei. Ganhei um trabalho, mas perdi a chance de arrumar uma namorada.

— Jeferson, eu já te disse...

— Eu sei, você não quer que as pessoas pensem que você tá no programa por minha causa. Logo eu, que sou um zé-mané. Não tenho moral nem na minha quebrada, mas sussa.

Rayanne suspirou. Ela tinha ficado balançada com o convite de Jeferson, a ponto de sentir que a proximidade dele durante a gravação prejudicava sua concentração no *reality*, mas decidira não deixar aquele sentimento evoluir.

— Eu não quero arriscar. Sonho é sonho.

— É, saquei. Você não quer arriscar realizar o meu.

— Não, não quero arriscar o meu sonho.

— Acho mó firmeza quem se agarra numa parada e vai embora. Queria ser assim que nem você.

— Assim como?

— Assim focada, com objetivo, tá ligada?

— Tô ligada. Ah, mas você também tem seus sonhos. Tá fazendo faculdade...

— Posso te dar a real? Até gosto da facul, do trampo, mas não tem nada que me deixa assim empolgadão tipo você quando tá lá fazendo seus pratos.

— Ah, mas nem sempre é preciso estar empolgadão. Minha mãe, por exemplo, eu vejo que ela é feliz lá do jeito dela, acordando cedo, indo trabalhar no posto de saúde, vendo os programas de TV dela, indo à missa aos domingos, essas coisas bem simples.

Jeferson reparou que Rayanne passava a mão no cabelo de vez em quando durante a conversa, dando uma ajeitada discreta nos fios revoltos. Lembrou que certa vez uma amiga falou que esse era um sinal de que a mina estava a fim – se ela estivesse em casa, sozinha, não teria a preocupação de ajeitar o cabelo. Mas, pensando bem, poderia ser só um tique dela, pois Rayanne não dava nenhuma pista.

O motorista do 106A-10 pisava fundo no acelerador, já que àquela hora da noite não havia mais trânsito.

— Ô motorista, pega leva aí — gritou Jeferson.

Na verdade, ele estava mais preocupado com a duração do trajeto do que com a integridade física dos passageiros. Teria que descer no próximo ponto e se despedir de Rayanne. Antes de dar o sinal, deslizou a mão para perto da mão de Rayanne. Ela também deslizou a dela de maneira quase imperceptível para perto da dele. As mãos se encostaram e, quando Rayanne se deu conta, seus dedos e os de Jeferson estavam entrelaçados. Os dois trocaram um beijo rápido. Estavam aflitos. Ela, porque tinha contrariado sua razão; ele, porque passaria do ponto em que deveria descer.

— Eu desço no próximo — disse Jeferson, quando se afastaram.

— Bora logo — respondeu Rayanne.

Jeferson deu sinal e desceu. Rayanne seguiu viagem. Não dava mais para voltar atrás.

Receitas

Coxinha

Massa:
½ litro de leite
½ litro de caldo de frango
1 kg de batata cozida e espremida
100 g de margarina
1 kg de farinha de trigo
4 gemas
3 ovos, para empanar
3 xícaras (chá) de farinha de rosca, para empanar
Óleo

Recheio:
4 dentes de alho picados
2 cebolas picadas
Azeite a gosto
2 tomates picados
1 kg de peito de frango (ou o frango inteiro cozido com tempero a gosto e um tablete de caldo de galinha) desfiado
Sal a gosto
Salsinha picada
Pimenta-do-reino

Para a massa, coloque o leite e o caldo para ferver. Junte a batata amassada, a margarina e a farinha de uma vez e mexa sem parar até desgrudar do fundo da panela. Coloque a massa em uma bancada enfarinhada, abra bem com um rolo e, quando estiver morna, junte as gemas, mexa bem e reserve.

Para o recheio, frite o alho e a cebola no azeite, coloque o tomate e deixe amolecer. Junte o frango desfiado, refogue, coloque o sal, a salsinha e a pimenta e, se estiver muito seco, acrescente um pouco do caldo de cozimento.

Pegue um pouco da massa, mais ou menos 50 g, abra, recheie, modele e empane, passando no ovo batido e na farinha de rosca, de preferência feita em casa. Frite em óleo quente, poucas unidades por vez.

16.

A SEMANA COMEÇOU ATRIBULADA. Catia tinha chegado cedo à emissora para conhecer três novos produtos que entrariam no *merchandising* do mês. Depois, foi até o camarim e experimentou um dos porquinhos de salsicha que seriam servidos no arraial a ser gravado mais tarde naquele dia. Colocou o vestido de noiva caipira que usaria no ar e achou que estava bom. E foi dessa maneira que entrou na sala de reunião, onde Carla, Léo, Nery e Rodrigo a aguardavam.

— Olha a noiva! — brincou Léo.

— Gente, sem dispersar — pediu Catia. — Resolvi colocar logo o figurino pra ganhar tempo.

— Acho que supercombinou com você — disse Carla.

— Não começa. E então? Como estão as sugestões de pautas? — perguntou a apresentadora.

— Pensei num quadro de previsões astrológicas — sugeriu Nery.

— No meio do ano, Nery? — perguntou Léo.

— É, também acho meio deslocado — concordou Catia. — Esses quadros funcionam melhor no final do ano.

— Mundo pet! — propôs Carla. — Bichinhos fofinhos sempre agradam a audiência.

— Pode ser. Mas matéria externa, gravada antes. Nada de trazer os bichos pro estúdio. Lembra aquela vez que eu tive que correr atrás de um pintinho que escapou? — comentou Catia. — Na verdade, eu tava pensando num quadro mais romântico, já que o Dia dos Namorados taí, né? Um quadro que mexesse com a fantasia das pessoas, que as fizessem sonhar um pouco.

— Balões — opinou Rodrigo, que estava calado até então.

Todos se voltaram para ele.

— Balões? — perguntou Léo. — Balões, tipo festa junina, quadrilha?

— Não. Balões, tipo que sobem ao céu — prosseguiu Rodrigo. — Gravar um quadro em que você, Catia, faz um passeio de balão. Um passeio de balão é sempre uma coisa romântica, inspiradora. Céu, uma vista bonita, aventura, natureza.

— Mas onde a gente gravaria esse quadro? — Nery quis saber.

— Boituva, aqui do lado. Tem um espaço de balonismo lá.

— Não sei. Mas, se a intenção é fazer um quadro romântico pro Dia dos Namorados, não tá em cima da hora? — perguntou Carla.

— A gente podia ir no fim de semana — insistiu Rodrigo. — Duas horinhas de carro daqui de São Paulo.

— Acho melhor não — opinou Léo. — Tá muito em cima.

— Também acho — concordou Nery. — Essas coisas têm que ser mais bem planejadas. Deslocamento de equipe... E depois não sei se a gente teria tempo hábil pra colocar isso no ar no dia 12.

— Também acho complicado — reiterou Carla.

— Pois eu gostei da ideia — disse Catia, sorridente.

Todos se voltaram para ela.

— Você gostou da ideia? — estranhou Léo.

— Gostei.

— Você percebeu que foi uma ideia do Rodrigo? — indagou Carla, mais alto do que gostaria.

— Gente, acho uma boa ideia! Vai ser como uma lufada de ar fresco — ressaltou Catia. — Eu concordo com o Rodrigo. A gente pode viajar no próximo fim de semana.

Carla, Léo e Nery se entreolharam. Não tinham lembrança de quando havia sido a última vez em que Catia tinha dito a frase "eu concordo com o Rodrigo", se é que algum dia ela a tinha dito. Ao que parecia, a operação cupido ia de vento em popa. Trataram de atualizar as informações no grupo de WhatsApp, que acabou não sendo excluído – ninguém queria perder a chance de saber as novidades sobre os dois. João e Chico comemoraram a boa-nova, e o rapaz mudou o nome do grupo para "Missão Boituva".

***

As gotas de orvalho escoavam ao mesmo tempo que os primeiros raios de sol despontavam naquela manhã de inverno em Boituva. O frio, porém, não espantou os turistas, que chegavam aos borbotões, atraídos pela beleza da paisagem de densa vegetação e céu azul.

A equipe de gravação chegou cedo. Queriam aproveitar a iluminação natural. Dois carros tinham partido de São Paulo. Catia foi de carona com Carla, que adorava pegar a estrada. Em seguida, uma van levando Rodrigo, Léo, Nery, Jeferson e outros membros da equipe estacionou no campo de balonismo.

Em pouco tempo, toda a estrutura estava montada. Catia começou a passar seu texto enquanto tomava um café para espantar o frio e dar uma levantada no ânimo. Entrevistou pessoas que estavam por ali. Pilotos, aventureiros, turistas. Pessoas de todas as partes, crianças, jovens, idosos, formandos, casais festejando as bodas – tinha até um casal que trocaria alianças em pleno voo –, paraquedistas que se lançariam das alturas.

Depois de captar as mais diferentes expectativas e vibrações do público, chegou a vez de Catia vivenciar aquela peripécia. Acompanhada de um piloto, subiu no balão. Rodrigo foi na sequência, com a câmera na mão. Quando os dois já estavam a bordo, o piloto levantou voo.

— Pensei que mais pessoas fossem voar com a gente — reagiu a apresentadora, surpresa.

— Na verdade, não... — Rodrigo apressou-se em responder. — O primeiro passeio é só para a tomada geral da vista e a gravação da matéria. Depois, se você quiser, a gente faz um passeio com o restante da equipe.

Em terra firme, Carla, Léo e Nery olhavam o balão se distanciar cada vez mais. Os três acenavam para Catia enquanto ela ainda podia enxergá-los.

— Pronto! Os pombinhos alçaram voo — comemorou Carla.

— Uhuuuuu! — celebrou Léo.

— A missão Boituva decolou de vez! — festejou Nery.

Não demorou para que o balão atingisse uma altura considerável. A vista era deslumbrante. Uma sensação irrestrita de leveza tomou conta de Catia. Ela percebeu que Rodrigo já estava filmando. Olhou para a câmera naquele instante como se olhasse diretamente nos olhos dele. Quis demonstrar sua gratidão, já que no fundo sabia que toda aquela história da matéria sobre balonismo era apenas pretexto para realizar um desejo dela. Ficaram os dois um tempo em silêncio, até que Rodrigo deu o sinal.

— Um, dois, três, valendo.

— Olá! Você que tá aí me assistindo, já sabe onde eu estou? Não? Nem eu. Vem cá dar uma olhada comigo. — Um imenso céu azul se descortinou ante a câmera na mão de Rodrigo. — Estou em algum ponto desse céu maravilhoso. Dá uma conferida nas pessoas lá embaixo. Sabe aquela coisa de desenho animado que parece que todo mundo é formiguinha? Hahaha. Dá um friozinho na barriga que não tem como descrever. Pois é, eu estou aqui em Boituva, um dos melhores lugares para se praticar balonismo no Bra...

Catia não concluiu o *take*. Alguma coisa tinha saído do planejado: um impacto que fez todo o balão tremer, um choque brusco e repentino que fez com que a câmera caísse das mãos de Rodrigo.

— O que foi isso? — perguntou Catia, assustada.

— Não sei — respondeu o piloto.

— Como não sabe?! — ela berrou.

— Calma, Catia — disse Rodrigo.

— Você tem certeza de que tá me pedindo calma? — exasperou-se. — Nós estamos a quinhentos metros de altura e alguma coisa aconteceu. Ai, meu Deus, nós vamos cair!

Rodrigo olhou para fora do balão. O veículo parecia mesmo estar perdendo altitude.

— O que está acontecendo? — perguntou ele ao piloto, tentando manter o controle.

— Nunca vi isso acontecer. É raro, mas acho que um pássaro bateu no balão — respondeu o rapaz.

— Como assim? — questionou Catia, irritada. — Um pássaro? E um pássaro pode derrubar um trambolho deste tamanho?

— É raro, mas, quando o furo causado pela batida é no topo do balão, pode acontecer. E parece que foi o caso. Mas fica calma, dona Catia. Nós não vamos cair. Vou fazer um pouso de emergência.

— Que pouso de emergência? Eu tô sentindo o balão descendo cada vez mais rápido!

— Sim, está — confirmou o piloto. — Mas é numa velocidade similar a uma descida de paraquedas.

— Paraquedas?! — gritou a apresentadora, descontrolada. — Não vim aqui para andar de paraquedas! Eu vim para andar de balão!

— Calma, Catia! — gritou Rodrigo. — Calma!

— "Calma, Catia! Calma, Catia!" Você não sabe dizer outra coisa? Não me peça para ficar calma!

— Não vai acontecer nada com a gente! — berrou Rodrigo. — Confia em mim!

— Eu sei que não vai acontecer nada com a gente, mas isso não tem nada a ver com confiar em você! Maldita hora em que fui confiar em você, acreditar que essa história de balão podia ser uma boa ideia.

— Ah, então agora a culpa é minha?

— De mais quem? Sua e desse maldito páss...

Catia não concluiu seu raciocínio, já que o balão entrou numa onda de turbulências. Desesperada, ela se jogou contra Rodrigo e o abraçou com força. Ele retribuiu o abraço. Os dois fecharam os olhos. Seria o começo do fim ou o fim do começo?

***

Carla estava cabisbaixa, mexendo no celular, quando escutou uma voz desconhecida chamando seu nome. Olhou para um sujeito que trajava uniforme preto. Ele estava com Léo e Nery.

— Pois não? — disse Carla, ressabiada.

— Nós não temos uma notícia muito boa — informou o homem.

— O que foi que aconteceu? É a Catia? Aconteceu alguma coisa com ela? — desesperou-se Carla.

A resposta era afirmativa. Sim, havia acontecido alguma coisa.

— O que foi? Pelo amor de Deus, me diga sem rodeios! O que aconteceu?

O rapaz, chefe do Departamento Regional de Aeronáutica, não tinha informações precisas. O balão havia caído, mas a localização ainda era imprecisa. Uma equipe de resgates já tinha sido acionada e estava a caminho. *O que tinha acontecido?*, Carla não se cansava de perguntar.

A cada nova pergunta, o homem respondia de maneira pausada e didática, mas nada naquele momento seria capaz de minimizar o desalento de Carla. Léo e Nery também estavam em estado de total perplexidade.

— A gente pode ir junto procurá-la? — interrogou Carla.

— Eu acho melh...

Não esperou pela resposta.

— Por favor, eu imploro. Não vou sossegar enquanto não encontrar minha irmã.

***

— Pode abrir os olhos — disse Catia, com voz hesitante, para Rodrigo, que ainda a abraçava enquanto tremia feito vara verde.

— Estamos vivos? — perguntou ele, abrindo os olhos.

— Parece que sim. Ouvi dizer que, quando a gente morre, a gente se despede da matéria, o que parece não ter acontecido, já que você tá quase quebrando minhas costelas. Pode me soltar?

— Ah, claro! — disse Rodrigo, largando Catia. — Mas só te abracei porque você me abraçou primeiro.

— Tá bom, mas também não precisava abusar. Vem cá, cadê o piloto?

— Tô aqui — respondeu o rapaz, caído no chão.

— Tudo bem com você? — perguntou ela. — Er... esqueci seu nome.

— Josué — respondeu.

— Tudo bem por aí, Josué? — Catia quis saber.

— Tudo. Só tô com uma dor de cabeça. Devo ter batido em algum lugar na hora da queda.

— Calma. Vai dar tudo certo — disse Rodrigo. — Eu vou pedir ajuda. Ué, cadê meu celular?

— Você não deixou no carro ou com a equipe? Eu devia ter ouvido meus filhos quando eles insistiam pra que eu assistisse a *Lost* com eles. Aquilo ajudaria numa hora dessas.

— E seu celular, Catia? Liga pra alguém! Pede ajuda! — irritou-se Rodrigo.

— Você acha que não pensei nisso? Tá sem sinal! — disse Catia, olhando para o piloto.

— Nem adianta, dona Catia — disse Josué. — Tô sem sinal também.

— E agora? O que a gente faz? — perguntou ela. — Uma fogueira? Um arpão pra pescar? Que barulho foi esse?

— Barulho? — perguntou Rodrigo.

— É, barulho. Tem algum bicho se movendo por perto.

— Vocês sabem o significado de "boituva"? — perguntou Josué.

— Desculpa, mas eu não tô interessado em aula de linguística uma hora dessas — espinafrou Rodrigo.

— É que faz parte do pacote. Eu sempre falo isso a certa altura, mas dessa vez o balão caiu antes — insistiu Josué.

— Tá bom. Vai lá. Faça seu dever de casa, Josué. Qual é o significado? — perguntou Catia.

— Boituva é um vocábulo de origem tupi — respondeu Josué. — *Mboya*, que é cobra, e *tyba*, grande quantidade, abundância, ajuntamento. Ou seja, "boituva" significa "local de muitas cobras".

— E você tá nos falando isso exatamente por quê, Josué? — questionou Catia. — Não venha me dizer que é porque...

— A senhora disse que ouviu um barulho — interrompeu-a Josué.

— Eu não fico aqui mais nenhum segundo! — disse Catia, saindo num rompante.

— Ei, Catia! Pra onde você vai? — interpelou Rodrigo.

— Não sei, mas ficar parada é que eu não vou. Vou andar até encontrar algum resquício de civilização!

Catia saiu desabalada. Rodrigo foi atrás dela.

— Catia, você não acha que é melhor a gente ficar aqui? A gente tá perto do balão, que é onde a equipe de resgate vai procurar. Daqui a pouco a gente vai ser salvo. Confia em mim — implorou Rodrigo.

— Confiar em você? A última vez em que eu confiei em você, veja no que deu! — atacou Catia.

— Ah, vai começar. Não tem como conversar com você. Você é uma mula mesmo!

— O quê?! O que foi que você disse? Repete!

— Mula. Nunca vi ninguém mais teimosa!

— E você é um jumento.

— Mula e jumento. Formamos um belo par.

Rodrigo não conseguiu impedir Catia de sair andando. Mesmo não sabendo por onde estava indo, ela seguiu afoita atravessando mata, pulando cerca, atolando o pé na lama. Quando se deram conta, estavam bem distantes do local do acidente. O piloto já não estava mais com eles. Tinha ficado para trás.

— Catia, você sabe onde estamos? — perguntou Rodrigo.

— Não sei, mas é pra frente que se anda. Uma hora a gente se acha.

— Uma hora?

— É, uma hora.

Catia continuou. Parecia uma heroína de filmes de ação. Rodrigo corria atrás dela, quase se arrastando. Já deviam ter caminhado uns bons quilômetros quando perceberam que o dia tinha chegado ao fim e a noite avançava.

— Chega! — berrou Rodrigo. — Agora você vai me ouvir! Eu tô morrendo de fome, de sede, de cansaço e não vou dar mais nenhum passo!

— Tudo bem, se você é um borra-botas... Se quer ficar aí bufando, que fique! Eu vou embora! E, quando eu encontrar o resgate ou alguém pra me tirar desse suplício, vou pensar se te ajudo. Passar bem.

— Vai, vai logo! — gritou Rodrigo.

— Vou mesmo — respondeu Catia, indo embora.

— Já vai tarde — disse Rodrigo, por fim, sentando-se numa pedra.

Catia andou a esmo por alguns minutos. Já era noite alta. Uma lua cheia prateada brilhava no céu.

— Sacripanta! Sujeito vil, desprezível! — xingava Catia. — Obsequioso! Não... obsequioso é qualidade, né? Que mais?

Enquanto andava, a apresentadora procurava na cabeça formas sofisticadas de xingamento. Era uma maneira de passar o tempo e não pensar muito no perigo que corria. Desse modo, manteve-se destemida por um bom período; só parou de caminhar quando se chocou com alguma coisa. Alguma coisa viva. Alguma coisa que passou a língua em sua cara.

Ficou imóvel, paralisada, catatônica. Pensou num mantra, nas orações de infância, se estava tudo em dia com seu seguro de vida ou se tinha deixado um testamento para os filhos. *Muuuuu!*

— Calma, vaquinha! Calma! — Estava aflita, ainda sem enxergar a vaca ou o boi em que tinha esbarrado. — Eu sei que posso já ter jantado algum parente seu, mas isso foi porque eu tava com fome. Juro...

Muuuuu. Outro mugido e outro e mais outro. Vários mugidos. Deu-se conta de que estava no meio de uma manada. Deu meia-volta e saiu correndo, aos berros:

— Rodrigo! Rodrigo!

De longe, Rodrigo escutou o pedido de socorro. E, a cada vez que escutava seu nome, gritava "Catia!". Os dois passaram um tempo assim, usando o nome do outro como GPS. Quanto mais próximos sentiam a presença um do outro, mais diminuíam o tom de voz. *Rodrigo... Catia...*

Se aproximaram, devagarinho.

Os gritos de desespero do início deram lugar a vozes roucas, que procuravam amparo, colo, abraço. *Rodrigo... Catia...* Frente a frente, se encararam. Os olhares cúmplices se cruzaram. Quando se deram conta, estavam se beijando.

Tinham a lua como única testemunha daquele momento em que o ódio cultivado por décadas, que nos últimos meses vinha assumindo nuances insuspeitas, se transformara de vez em paixão.

***

Catia ainda dormia com a cabeça no peito de Rodrigo quando sentiu os primeiros raios de sol no rosto. Abriu os olhos e viu que ele ainda estava no mais profundo sono. Começou a se levantar. Estava com o corpo todo doído por ter passado a noite deitada em condições absolutamente nulas de conforto. Ouviu alguém gritar ao longe:

— Catia! Rodrigo!

Estava tão fora de órbita que demorou um tempo a reconhecer a voz de Carla.

— Rodrigo, acorda! — sacudiu Catia.

— Me deixa dormir mais um pouco — pediu Rodrigo. — Eu tô acabado.

— Acorda, Rodrigo! É a Carla! Minha irmã!

Rodrigo se levantou, assustado, e demorou a entender onde estava. Ele e Catia puseram-se a gritar também. Em questão de minutos foram localizados pela equipe de resgate. Carla, Léo e Nery estavam com os homens que faziam a busca, além de Josué, que já tinha sido encontrado no percurso.

— Graças a Deus está tudo bem com você! — disse Carla, quando encontrou Catia e lhe deu um abraço emocionado.

Léo e Nery também respiraram aliviados. Seria questão de tempo para que todos estivessem de volta ao espaço de balonismo e, dali, partissem de volta para São Paulo.

Nery percebeu que havia algo de diferente no ar logo que Rodrigo entrou na van. Um homem que passou a noite perdido no matagal não estamparia no rosto aquele sorriso bobo. Perguntou o que tinha acontecido. Como entre os dois não existiam segredos, Rodrigo, de modo discreto, enviou uma mensagem de WhatsApp para Nery: *Catia e eu nos beijamos*. Nery só não deu pulos de alegria porque bateria a cabeça no teto do carro.

Fazia anos – mais precisamente, desde o primeiro encontro daquelas duas cabeças duras, vinte anos antes – que esperava por aquela notícia.

Na viagem de volta, Carla checou o tempo todo como estava o humor de Catia para se certificar de que o trauma não havia deixado sequelas emocionais.

— Que tragédia! — disse Carla. — Espero que esse episódio não a deixe muito angustiada. Sei que foi uma experiência ruim, mas você vai esquecer disso logo, logo.

Carla mal podia imaginar, mas tudo o que Catia não queria era esquecer. E assim seria. Enquanto estivesse viva, lembraria cada detalhe daquele dia, o dia em que ela finalmente tirou da gaveta desejos que estavam guardados havia tempo demais.

Receitas

Porquinho de salsicha

Massa:

50 g de fermento biológico fresco
2 colheres (sopa) de açúcar
½ xícara (chá) de água morna
2 ovos
200 g de margarina
500 g de farinha de trigo
1 colher (sopa) de sal
1 ovo, para pincelar

Recheio:

300 g de salsicha cortada em três partes
ou
300 g de calabresa em pedaços pequenos
1 cebola bem picada
Salsinha picada a gosto

 Misture todos os ingredientes do recheio e reserve. Dissolva o fermento no açúcar, junte a água, os ovos, a margarina e mexa bem, até a massa ficar homogênea. Junte a farinha e o sal e mexa, até ficar lisa e não grudar nas mãos. Se necessário, coloque mais um pouco de farinha. Deixe a massa em um recipiente fechado com filme de PVC até dobrar de volume.
Quando crescer, pegue um pouco de massa, coloque na bancada enfarinhada e abra.

Para rechear com a salsicha, corte em formato triangular, disponha um pedaço sobre a parte mais estreita da massa, enrole, pincele com ovo batido e coloque na assadeira untada.

Quando fizer com a calabresa, corte a massa quadrada, coloque um pouco do recheio dentro e feche como uma trouxinha. Pincele com ovo batido e coloque em uma assadeira untada.

Asse em forno preaquecido a 180 ºC até dourar.

17.

Quando Catia chegou ao centro de terapias vibracionais naquela sexta, não sabia bem o que dizer para a doutora B. Tany. Ou melhor, o que queria dizer ela sabia, apenas não sabia como dizer. Chegou trinta minutos mais cedo, sentou-se na sala de espera e desligou o celular. Era preciso deixar os pensamentos fluírem e desconectar-se do mundo. Entrou e falou de tudo um pouco: do programa, dos filhos, da vida nova de solteira, até tocar no assunto do acidente.

— Menina! Que confusão foi essa a do balão? — perguntou B. Tany em dado momento, quase no fim da consulta. — Eu li no jornal. Fiquei preocupada! Você não quis me ligar para marcar uma sessão extra?

— Sabe que eu até pensei? Mas, depois que passou, eu nem achei que foi uma experiência assim tão negativa. — respondeu Catia.

— Fale mais sobre isso.

—Ah, viajar de balão sempre foi um sonho. E tenho quase certeza de que foi por isso que o Rodrigo propôs essa matéria: pra realizar meu sonho.

— Quase certeza? — questionou B. Tany.

— Certeza, vai. Eu falei pra ele no dia que dormi na casa dele que viajar de balão era um sonho, e ele propôs a matéria na reunião seguinte. Tava tudo indo muito bem, só eu e ele no balão, além do balonista, óbvio. De repente, alguma coisa atravessou aquela geringonça e...

— Você achou que fosse morrer?

— Fiquei meio desesperada, acho que isso é normal. A gente sempre se imagina imune à morte. Às vezes a vida parece infindável, cheia de borboletas e gargalhadas, alegria e amor. Não teria sido nada justo eu morrer logo agora.

— Logo agora?

— Logo agora que decidi recomeçar, logo agora que fui tomada por uma pulsão de vida, logo agora que fui invadida por essa paixão... — Catia parou de falar abruptamente.

— Continue. Dê voz a seus anseios.

— B. Tany, eu acho que...

— O quê?

— Que eu e o Rodrigo somos muito diferentes. A gente se odeia há tanto tempo. Com que cara eu vou chegar pras pessoas e dizer: "Olha, o Rodrigo não é o pulha que eu sempre disse que ele era, ele até que é um cara legal, gentil, romântico"?

— Com essa mesma cara que você está me dizendo agora. Alegre, leve, tranquila.

— Não dá! Simplesmente não dá!

— E por que não? Por que negligenciar seus novos desejos, que nem são tão novos assim?

— Sei lá. Eu e o Rodrigo já nos conhecemos há muitos anos, mas a maneira como as coisas estão acontecendo agora são, sim, novas. Justamente por isso quero abortar esse sentimento. Por ele ser novo. Sabe aquela história de cortar o mal pela raiz?

— Conheço bem essa história. Geralmente os males não são cortados. Quando as raízes são fortes, deixam tecidos resistentes, que crescem de novo. Não tenha preguiça de enfrentar os esforços necessários para reinventar a vida. Você não é imune à morte, Catia. Ninguém é.

B. Tany fez uma pausa para Catia refletir e continuou:

— Bem. A gente vai ficar por aqui. Te vejo na próxima sexta?

Catia respondeu que sim. Do lado de fora, um temporal se armava. Não tinha levado guarda-chuva e até o estacionamento era uma boa caminhada. Detestava tomar chuva e as consequências disso: ficar com os pés encharcados, os cabelos desarrumados, carteira e celular molhados. Mas, naquele instante, pensou que a tempestade era uma espécie de mensagem enviada pela vida. Por mais que tentasse se manter o tempo todo organizada, sempre havia alguma coisa para a desviar do rumo.

E, no fim das contas, sair do rumo nem era tão ruim assim. Podia se divertir como se divertia naquele momento, pulando poças, rodopiando como boba no meio da rua. Entrou correndo no carro. Estava ensopada. No rádio tocava uma música que Catia amava: *"And you say... my skin, my blood, my devil, my god, my freedom is what you see"*.

***

Quando olhou o temporal caindo do lado de fora, B. Tany resolveu dar um tempo antes de ir embora. Catia tinha sido sua última paciente. Dali, iria para casa e seguiria a rotina de todas as sextas: pipoca, Coca-Cola e Netflix. Lembrou-se de Chico. Por algum estranho motivo, não tinha mais entrado em contato com ele. O fato é que ele também não a havia procurado. Desencontros na cidade – era essa sua vida nos últimos tempos.

Resolveu stalkear Chico. Ainda não o tinha adicionado em nenhuma rede social. Digitou Chico Dell'Erba no Facebook, no Instagram, no Twitter, e nada. Estranho, muito estranho. Uma pessoa como ele, jovem, artista plástico... Será que ele não usava as mídias digitais para divulgar seu trabalho ou será que estava com outro nome? Pesquisou pelo nome do ateliê e encontrou uma página no Facebook, mas não achou o nome dele entre os seguidores. Decidiu, então, enviar um WhatsApp para ele. Digitou OI e enviou.

Chico estava em casa, sentado à mesa da cozinha quando a mensagem chegou. Carla estava preparando uma sopa de palmito e percebeu o sorriso bobo dele.

— Tá namorando?

— Oi? — surpreendeu-se Chico.

— Eu percebi seu sorriso quando você recebeu essa mensagem.

— Não, tia. Não tô namorando. Nem sei se algum dia vou namorar sério alguém.

— Que bobagem é essa? Você é tão lindo... e jovem ainda!
— Tia, posso contar uma coisa e você jura que não conta pra ninguém?
— Claro — respondeu Carla, abaixando o fogo.
Então se sentou ao lado dele, que ruborizou levemente antes de falar.
— Acho que tô apaixonado.
— Sabia que tinha caroço nesse angu! Quem é?
— Uma das mulheres que posou pra mim no ateliê.
— E ela deu ideia?
— Não sei. Pelo menos interessada parece que tá. Ela me propôs um cinema e acabou de mandar mensagem.
— E tá esperando o que pra responder?
— Sei lá. Eu fico pensando...
Chico hesitou enquanto escolhia as palavras.
— Eu amo meus pais, mas é sempre meio complicado abrir o jogo sobre minha família quando eu não conheço a garota direito. Dizer que eu tenho dois pais, não um pai e uma mãe.
— Deixa de bobagem, menino! Não quero nem pensar na decepção deles se escutarem uma coisa dessas!
— Você não tá entendendo, tia! Por mim, não tem problema. Eu amo meus pais incondicionalmente, nunca quis ter uma mãe no lugar de um deles. Mas você sabe que já tive problema com isso. Tem menina que acha que, por ter pais gays, vou descobrir que sou gay também.
— Se a garota não entender, é porque é uma boba. Qual é a profissão dela?
— Terapeuta. Segundo ela, terapeuta holística.
— Olha, Chico. Uma mulher que posa nua e trabalha com terapia holística não me parece ser careta. Por que você não sai com ela para ver qual é? Não precisa começar falando da família. Esses assuntos aparecem no terceiro ou no quarto encontro. Aí, quando aparecer, você vai dizer a verdade: que foi adotado ainda criança por dois homens maravilhosos que te deram todo amor e proteção do mundo. E, se mesmo te conhecendo melhor ela entrar em alguma paranoia quanto a sua sexualidade, bem, daí é melhor se livrar mesmo de alguém assim.

— Você tá certa. Vou responder à mensagem dela. Obrigado.

O rapaz deu um abraço na tia.

— Hum, esse cheiro tá bom, hein? Tá fazendo o quê?

— Sopa de palmito.

Chico beijou o rosto de Carla e foi para a sala fazer companhia para os pais enquanto esperava o jantar. João e Léo jogavam video game, alheios a toda a caraminhola que se passava na cabeça do filho. Ele se sentou no meio deles e respondeu a B. Tany:

> olá! tudo bem?

Receitas

SOPA DE PALMITO

2 dentes de alho picados
Cerca de 1 litro de água
1 tablete de caldo de legumes
4 batatas grandes em rodelas
1 vidro (540 g) de palmito picado
Noz-moscada
Pimenta-do-reino
1 caixa de creme de leite light

Frite o alho, junte a água, o caldo de legumes e a batata e cozinhe. Quando estiver bem cozida, bata no liquidificador, até virar um creme; então, coloque 2 talos do palmito e bata mais. Se estiver muito grosso, acrescente um pouco da água do vidro de palmito e leve de volta ao fogo.

Deixe ferver um pouco com o restante do palmito picado, junte a noz-moscada e a pimenta; em seguida, junte o creme de leite, espere levantar fervura, desligue o fogo e sirva.

18.

Alô você que está sintonizado na nossa rádio, *agora são dez e trinta e quatro da manhã, vinte de junho de 2016. A segunda-feira começou com esse tempinho feio, nublado... E a notícia ruim é que deve ficar assim o dia todo. Bom pra ficar em casa debaixo das cobertas, namorando, não é, não? Agora, pra trazer um pouco de calor pra essa manhã gélida, deixo vocês com essa música animadora. Essa é pra começar bem o dia...*

Rodrigo aumentou o volume do rádio assim que ouviu os primeiros acordes. Ele amava Afrojack! Nem havia percebido que o dia estava tão feio como tinha dito o locutor. *"I'm clumsy, yeah my head's a mess, cause you got me growing taller every day"*, cantou a plenos pulmões. Abriu o vidro do carro e teve uma agradável surpresa: parada no trânsito, ao lado, estava Catia, sorrindo cabisbaixa ao volante, distraída.

Rodrigo quase foi ao delírio quando percebeu que ela estava sintonizada na mesma rádio que ele, cantando a mesma música. Deu um leve toque na buzina. Catia olhou, e ele acenou, aumentou o volume, que tocou em alto e bom som: *"Been trying so hard not to let it show but you got me feeling like..."*.

Com o celular em punho como se fosse um microfone, Rodrigo seguiu com a letra: *"I'm stepping on buildings, cars and boats, I swear I could touch the sky"*. Catia entrou na brincadeira e empunhou seu celular também. Os dois berraram, desafinados, numa só voz: *"Oh, oh, oh, I'm ten feet tall"*.

Mal terminaram o refrão, escutaram o som estrondoso de buzinas. O farol abrira. Motoristas impacientes protestavam, uma vez que os dois estavam atravancando o trânsito.

— Mas que país é este em que não se pode nem amar? — reclamou Catia.

— Vai plantar bananeira no asfalto! — gritou Rodrigo a um cara que o xingou de tranca-rua.

O diretor chegou um pouco antes ao prédio da emissora, mas esperou Catia no estacionamento, e eles pegaram o elevador juntos. Enquanto viam o marcador digital do elevador indicar os andares, os dois deram as mãos.

— Tem certeza? — perguntou Catia.

— Certeza do quê? — quis saber Rodrigo.

— A gente aqui, de mão dada, sei lá, vai que alguém...

Catia não concluiu a frase. O elevador abriu, e Nery entrou.

— Nery! — disseram, juntos, Catia e Rodrigo, soltando as mãos.

— Bom dia, Catia! Bom dia, Rodrigo! Passaram bem o fim de semana? — perguntou Nery.

— Bem, muito bem — disse Catia.

— Eu também, tirando o frio — continuou Rodrigo.

Os três chegaram ao estúdio. Catia despediu-se e foi para o camarim.

— De mãozinha dada? — Nery tirou sarro de Rodrigo. — O negócio tá sério, hein? Daqui a pouco sai casamento.

— Você viu? — perguntou Rodrigo. — Achei que a gente não tivesse dado bandeira.

— Ah, *mon chéri*... Não é de hoje que vocês dão bandeira. E não é um simples roçar de mão que deixa tudo escancarado, né? Tem dia em que vocês parecem adolescentes. Não param de trocar mensagens, ficam de cochicho no canto. Rodrigo, as pessoas não são bobas. Quando é que vocês vão assumir?

— Na hora certa — respondeu Rodrigo. — Ainda tem muita coisa em jogo.

— Ah, que exagero! Assume logo!

— Nós vamos assumir, mas antes quero falar com minha filha... Essas coisas levam um tempo. Bem, vou nessa. A gente se fala.

Antes que desse tchau para Rodrigo, Nery escutou alguém gritando seu nome. Olhou para trás e viu dona Marly, vindo afoita em sua direção.

— Dona Marly! Tudo bem? A Catia já sabe que a senhora está aqui? Quer que eu a chame?

— Não, não. Aquele moço que saiu daqui é o tal do novo diretor?

— Sim, ele mesmo.

— Bonitão, né? Não, meu filho, não precisa chamar a Catia, não. Eu sempre a vejo. Hoje eu vim por um motivo diferente: tirar uma *selfie* com a Rayanne.

— Com a Rayanne? — surpreendeu-se Nery. — É que não sei se ela tá...

Nery não conseguiu terminar o que ia dizer. Jeferson passou, e dona Marly deixou o amigo da filha e foi atrás do ex-florista.

— E aí, meu filho? Como estão as coisas?

— Dona Marly! Que surpresa! — disse Jeferson. — Ainda vai muito ao Ceagesp?

— Como não? Toda semana, mas ó... Já reclamei duas vezes com o novo florista! Ele não tem a sua mão, as mudinhas não estão pegando direito.

Jeferson deu um sorriso, envaidecido.

— Que isso, dona Marly! Dá uma chance pro rapaz. Ele deve ser novo no ramo, como eu por aqui. Com o tempo ele aprende.

— Pode ser. Vem cá, cadê a Rayanne?

— A Rayanne? — questionou Jeferson. — A do *Comidinhas do Brasil*?

— Quantas Rayannes há por aqui?

O assistente de produção riu, sem graça. Tinha achado estranho a mãe de Catia aparecer ali, do nada, perguntando pela garota que não saía da cabeça dele.

— Acho que ela ainda não chegou.

— Poxa! Que pena. Vim aqui só pra tirar uma *selfie* com ela.

— Não sabia que a senhora curtia a Rayanne.

— Como não? Eu curto tudo dela, até a página do Facebook eu curti. Falta muito pra acabar o quadro?

— Acho que tem mais umas duas etapas ainda.

— Ela vai ganhar! Se Deus quiser, ela vai ganhar. Tô rezando muito pra ela.

— Pô, maneiro saber que a senhora curte ela. Ó, vamos combinar uma parada. Chega mais, preciso te contar uma fita — disse Jeferson, puxando dona Marly para um canto do estúdio. — Eu tô pirado nessa mina, dona Marly, só que ela não me dá mole.

— Mas por quê? Você é um rapaz tão bom, trabalhador, estudioso.

— Pois é. Fala isso pra ela, dona Marly!

— Mas como, se eu nem conheço a moça? Vim aqui pra tirar uma *selfie*, mas ela nem chegou...

— Eu acabei de bolar um negócio muito doido aqui, dona Marly! A senhora fecha comigo?

— Olha lá no que você vai me meter, hein, menino?

— Fecha ou não fecha?

— Fecho, claro — respondeu dona Marly.

— Ó... É o seguinte, prepara um lanche daora que eu vou levar a Rayanne lá na tua casa. Faz aquele teu bolo de queijadinha!

— Isso é fácil. Vai ser um prazer recebê-la em casa. Aliás, lanche não! Diz pra ela almoçar lá em casa, e faço o bolo de sobremesa. Sabe que eu fico vendo ela na TV, que menina doce. Dá vontade de pegar no colo!

— Então, mas aí a senhora vai ter que me quebrar um galho.

— Galho? Que galho, meu filho?

— Nada de mais. Só jogar um xaveco nela. Falar essas coisas aí que a senhora fala de mim, que eu sou firmeza, estudante, trabalhador... Não esquece porque eu tô afinzão dela.

— Pode deixar.

Jeferson foi chamado pelo chefe da produção e se despediu de dona Marly. Tinha a semana inteira de rotina pela frente, dividida entre trabalho e faculdade, acordando cedo, dormindo pouco. Dona Marly aparecera como um louva-a-deus que traz sorte quando pousa em nosso ombro nos momentos mais inesperados. Contava com a ajuda dela para tornar sua rotina um pouco menos cansativa.

***

— Gostou do filme? — perguntou Chico, enquanto o garçom terminava de servir uma taça de vinho.

— Amei — respondeu B. Tany, enxugando os olhos com o guardanapo. — Desculpa eu estar assim, mas é que sou meio sensível pra esse tipo de filme.

— Devia ter te levado pra assistir a uma comédia, né?

— Não! Não me importo de ver filmes tristes. Pelo contrário, até gosto, é sempre bom colocar para fora um pouco das lágrimas represadas. E eu adoro o Ricardo Darín. Você acertou em cheio!

— Que bom! Eu também gosto dele. Já viu O filho da noiva?

— É um de meus filmes favoritos.

— Jura? Meu também!

— Acho tão humano o que o personagem faz pela mãe com Alzheimer. A relação dele com os pais realmente me toca — disse B. Tany. — Você mora com seus pais?

Chico lembrou o cálculo de Carla de que demoraria uns três encontros até chegarem ao assunto "família". Eles estavam não fazia nem vinte minutos sentados na mesma mesa, no primeiro encontro.

— Moro, moro — respondeu Chico, lacônico. — E você?

— Atualmente moro sozinha. Minha família é complicada.

— Complicada?

— É. Careta, conservadora. Saí de casa depois do meu último namoro porque meus pais não aceitaram bem minha relação.

— Algum problema com o ex? — B. Tany titubeou em responder, e Chico percebeu a relutância. — Desculpa. Não precisa responder, se não quiser.

— Não, tudo bem. Ele não tinha problema nenhum. Eu é que não soube lidar com a pressão dos meus pais.

— Eles eram contra o namoro?

— Sim, ele estava desempregado na época, e eles acharam que ele queria se aproveitar de mim. Ficamos uns seis meses juntos, ele vivendo de bicos. Depois que terminamos, ele arrumou um emprego. E também uma namorada nova.

— Que chato. Talvez tivesse valido a pena insistir um pouco mais, né? Não é fácil encontrar alguém que te complemente de verdade.

— Eu sei, mas meus pais jogaram sujo. Minha mãe ficava fazendo chantagem emocional, chegou a dizer que estava deprimida de tanta preocupação com o meu futuro. Meu pai não queria nem falar comigo, ficava dizendo que não criou filha pra sustentar vagabundo. Não foi legal, não. — B. Tany deu um gole no vinho e ficou pensativa, olhando para a taça. Resolveu mudar de assunto: — E sua família, é sussa?

— Sussa? Er... digamos que, nesse quesito, minha família seja muito sussa.

— Seus pais são mais jovens?

— Sim. Cinquenta e poucos. Quer pedir a sobremesa? — perguntou Chico. — Você já provou a torta de maracujá daqui? É de comer rezando.

B. Tany aceitou a sugestão de Chico e pediu a torta. Conversaram durante mais algum tempo sobre cinema argentino, astrologia – ela era de áries com marte em peixes, ele era de peixes com marte em áries; literatura – os dois amavam Holden Caufield e, como ele, queriam ser um apanhador no campo de centeio; e muitos outros assuntos.

Estavam na segunda garrafa de vinho quando o garçom perguntou se iam querer mais alguma coisa, pois a cozinha já estava fechando. Acharam melhor pedir a conta.

— Cobra aqui — disse Chico, entregando o cartão.

— De jeito nenhum! — insistiu B. Tany. — Metade, metade.

Chico não contra-argumentou. Se B. Tany não se sentia bem em vê-lo pagar a conta, quem era ele para discordar? Os tempos eram outros. Os costumes, as definições, as famílias tinham mudado. Para ele, ser filho de dois pais era algo natural, já que, desde os dois anos de idade, quando fora adotado por João e Léo, aquela era sua vida. Porque ela causava tanta estranheza em outras pessoas, isso era algo que carecia de respostas.

— A saideira — disse, levantando a taça e brindando com B. Tany.

Os dois viraram numa golada só. Foram para a casa dela, e Chico não teve nenhuma surpresa quando, já no quarto, viu aquele corpo despido; já o havia visto algumas vezes nas sessões de pintura. Mas a sensação de tocá-lo, de envolvê-lo num abraço, de passar seus dedos por entre os fios de cabelo dela ou de sentir mais de perto seu perfume amadeirado, tudo isso lhe provocava uma reação próxima do sublime.

Na manhã seguinte, ao primeiro som estrepitoso do caos urbano que se formava ante a janela do apartamento de B. Tany, Chico levantou-se e se vestiu. Olhou para ela dormindo, serena como um anjo, e lhe deu um beijo no rosto. *Tenha um bom dia, moça*, B. Tany leu mais tarde no WhatsApp. *Por que você não me acordou?*, ela quis saber. *Você tava dormindo tão no quentinho...* foi a resposta dele. Trocaram mais umas mensagens antes de se despedirem. *Quando a gente se vê de novo?*, ela perguntou. *Logo*, foi a resposta evasiva dele.

Receitas

Bolo de queijadinha

Massa:

2 xícaras (chá) de leite
1 lata de leite condensado
4 ovos
6 colheres (sopa) de farinha de trigo
2 colheres (sopa) de açúcar
100 g de coco ralado
100 g de parmesão ralado (opcional)

Calda:

½ xícara (chá) de água
1 xícara (chá) de açúcar

Prepare a calda levando ao fogo a água e o açúcar. Mexa sempre, até caramelizar. Espalhe por uma forma de 20 cm de diâmetro e reserve.

Bata no liquidificador todos os ingredientes da massa, começando pelos líquidos, e despeje na forma caramelizada. Leve ao forno, preaquecido em temperatura média, por 30 minutos ou até assar e dourar. Deixe esfriar um pouco e desenforme. Sirva gelada.

19.

Quando Jeferson e Rayanne chegaram ao sobrado da Vila Romana, dona Marly tinha acabado de servir a abobrinha ao forno. O aroma do prato preenchia todos os cantos da casa, e uma camada espessa de parmesão derretia e borbulhava sobre a comida.

— Entra, meu filho, a porta tá aberta — gritou dona Marly, ainda ajeitando as coisas, assim que ouviu a campainha.

Jeferson abriu devagar a porta e foi entrando. Rayanne seguiu atrás dele, inibida, pisando em ovos.

— É a casa onde Catia passou a infância? — perguntou, deslumbrada, enquanto olhava fotos antigas nos porta-retratos.

— Sim, foi aqui que ela cresceu — respondeu Jeferson, enquanto se encaminhava para os fundos da casa.

— Onde é que tu vai, maluco? — estranhou Rayanne.

— Pra cozinha, ué.

— E tu vai entrando assim na casa dos outros? Melhor esperar...

— Deixa de paranoia, Ray. Dona Marly é firmeza.

— Rapaz, mas tu é sem termo mesmo, né? Aprendi lá na terrinha que a gente não entra na casa de ninguém sem pedir licença.

— Você tá certa, minha filha — disse dona Marly, entrando na sala. — Mas Jeferson já é de casa. Menino de ouro! Como vai você, tudo bem? — perguntou a Rayanne.

— Tudo — respondeu —, e com a senhora?

— Estou ótima. Você não sabe como eu tô feliz de te receber na minha casa. Sou sua fã.

— Que isso, dona Marly! — Rayanne ficou envergonhada. — Jeferson me fala muito da senhora. Mesmo sem a conhecer, eu é que sou sua fã.

— Hum, que cheiro bom! — exclamou Jeferson.

— Fiz aquela abobrinha ao forno que você adora. Vocês tão com fome?

— Eu tô morrendo de fome! — respondeu Jeferson.

— E você, Rayanne? — quis saber dona Marly.

— Nossa, não vou mentir... eu tô brocada!

— Bró o quê, minha filha?

— Brocada. É como se diz na minha terra quando uma pessoa tá faminta.

— Ótimo! Assim vocês não vão reclamar da comida.

Foram os três para a cozinha. Dona Marly os serviu com generosidade, principalmente Jeferson, a quem conhecia de outros carnavais e sabia que era bom de garfo. Passados alguns minutos, estavam todos refestelados. Havia ainda uma pequena porção da refeição na forma.

— Posso matar, dona Marly?

— Fique à vontade, meu filho. Quer um pouco mais, Rayanne?

— Pai d'égua! Tava uma delícia, mas não cabe mais nada aqui dentro, dona Marly! Olha, vou te dizer uma coisa, eu acho que nunca comi abobrinha tão gostosa. Depois a senhora me passa a receita?

— Vem comigo — disse dona Marly, puxando-a pela mão.

Jeferson parou de comer e ficou olhando para as duas.

— Termine de comer, meu filho, porque agora nós vamos tricotar.

Na sala de estar, dona Marly abriu uma gaveta de um antigo aparador de imbuia e tirou de lá um caderno de receitas deteriorado pelo tempo, já com as folhas amarelecidas. Entregou-o a Rayanne.

— O que é isto? — perguntou a garota, impactada.

— Esse é o caderno de receita da família. Pra você ter uma ideia, tem receita da minha avó aí. Ele atravessou o oceano. Minha mãe foi acrescentando as dela depois. Eu também incluí algumas. Pode dar uma olhada. A abobrinha que eu fiz taí. Não tem nenhuma receita sofisticada. São todas práticas, baratas, mas feitas com carinho.

Dona Marly contou que, embora nas últimas décadas sua vida tivesse se ajeitado, nem sempre as coisas tinham sido fáceis para ela e para sua família.

— Atravessamos tempos de vacas magras, muitos antepassados vieram para o Brasil pra fugir da fome, da guerra. Então, a gente sempre teve esse costume de aproveitar tudo... A casca da batata, por exemplo. Você sabia que dá pra fazer um monte de receita com a casca da batata?

— Sim, eu sei. No Oiapoque a gente também tem o costume de aproveitar os alimentos e, de preferência, preparar aquilo que tá ao alcance da mão. É um legume que dá no quintal, uma fruta que a gente pega no pé, um peixe pescado na hora.

— E, por falar nisso, como você tá se preparando pra reta final do programa? Você sabe que não tenho dúvidas, né? Esse prêmio é seu!

— Deus te ouça, mas os outros candidatos são muito bons... Ei, que horas são agora? — perguntou Rayanne, num lampejo.

— Quase duas — respondeu dona Marly. — Por quê?

— Meu Deus! Jeferson! A gente tá atrasado!

— Espera um pouco, minha filha — disse dona Marly. — Ainda tem algumas folhas em branco. Quero que você coloque uma receita sua aí.

— Não, dona Marly! Isso é uma relíquia de família, não posso meter minha pena nesse caderno, não!

— Deixa de abestagem, como diz um amigo meu do Ceagesp. Não tem nada de sagrado no caderno. Ele não está aqui pra ser louvado, mas pra servir pra mim, pros meus filhos e meus netos e pra todo mundo que gosta de boa comida. E, tenho certeza, o que vai dar mais apreço a ele é uma receita sua.

Rayanne pegou o caderno, desconcertada. Jeferson apareceu na sala, chamando-a para ir embora. Antes que saíssem, porém, dona Marly segurou o braço dela e disse:

— Só não esqueça uma coisa, querida. Esta cidade endurece as pessoas. Nunca perca de vista a alegria que você trouxe do Norte. Por mais que ganhe o programa ou uma bolsa pra estudar no exterior, o que vale a pena é o afeto. O que fica é a relação que você constrói com as pessoas.

Jeferson e Rayanne já estavam na rua preparando-se para subir na moto dele quando dona Marly apareceu, correndo. Eles se detiveram até que ela chegasse perto.

— Minha *selfie* — disse, sacando o celular e tirando uma foto com Rayanne.

***

— Acelera! — gritou Rayanne para Jeferson, abraçada à cintura dele, enquanto ele ultrapassava os carros no meio da avenida Pacaembu.

— Tá louca, mina? Mais que isso não dá!

— Onde é que eu tava com a cabeça? Hoje é a penúltima fase do concurso!

— Eu sei muito bem onde é que você tava com a cabeça — respondeu Jeferson. — Nesse corpinho que você tá abraçando. Confessa, Ray, que você tá na minha.

— Axi, credo! Cabra mais folgado. Só não te dou uma bifa agora porque não posso me soltar de ti.

— E nem vai poder tão cedo, porque você já tá grudada em mim faz tempo.

— Deixa de marmota, Jeferson, e pisa fundo!

***

Qual é mesmo o nome daquele restaurante vegano que você me falou?, Rodrigo perguntava para Catia por WhatsApp. Ela não sabia de cor. Pesquisaria na internet. Aquela devia ser a ducentésima trigésima quarta mensagem do dia que recebia dele. Agora viviam assim, numa incessante troca de mensagens, pelos cantos, rindo a qualquer hora de qualquer besteira. Memes, declarações de amor, áudios melosos, poesias. Estavam no planeta Vênus quando Rodrigo foi abruptamente despertado por Nery.

— Rodrigo, onde é que você tá com a cabeça? — perguntou o amigo.

— Há? O que foi? — respondeu Rodrigo, guardando o celular no bolso.

— É sério. Tô achando essa história linda, mas você já viu que horas são?

Rodrigo olhou no relógio. Eram quase duas.

— A gente entra no ar daqui a pouco — disse Nery.

— Eu sei que a gente entra no ar daqui a pouco, Nery — apressou-se em responder Rodrigo. — Tá tudo certo. Já chequei tudo e...

— Checou mesmo? — questionou Nery. — Você sabia que Rayanne não chegou até agora e que ela é uma das quatro semifinalistas? O que você vai fazer se ela não aparecer?

— Rayanne não chegou? Como assim? O que aconteceu?

— É a pergunta que não quer calar. Já cansei de ligar no celular dela e só dá caixa postal.

— Bem, fala pra produção continuar tentando. De qualquer forma, o quadro é da metade para o fim do programa, a gente ainda tem tempo.

— Tem mais isto: difícil a produção tentar, porque Jeferson também não chegou ainda.

— O que será que tá acontecendo? Será que é greve de ônibus? O PCC mandou algum salve?

— Não tô sabendo de nada, mas vamos entrar no ar em dois minutos. Avisa a Catia — disse Nery, antes de sair.

***

Chegar à semifinal do *Comidinhas do Brasil* não era para qualquer um. De milhares de inscritos, apenas oitenta participantes haviam sido selecionados para a primeira etapa da entrevista e da confecção do prato. Desses oitenta, restaram vinte candidatos para participar do programa – e, a cada semana, três eram ceifados pelo júri, principalmente pelo chef Marco Antonio Lucci, que, de tão inflexível, ganhara o apelido de Imperador, em referência ao homônimo romano.

Princess Monteiro sabia da pressão que sofreria quando entrou no programa, mas já estava habituada a toda sorte de cobranças desde muito nova. Nascida na periferia da Grande São Paulo, tornou-se cedo arrimo de família. Estava com a mãe num supermercado do bairro quando foi descoberta por um caça-talentos de agência de publicidade, que viu em seu rosto de traços angelicais uma mina de ouro.

A desprovida menina rapidamente começou a vender uma miríade de produtos, que iam de pasta de dente a geladeira. Da publicidade para a TV, foi um pulo. Fez novelas infantis e, de uma hora para outra, viu-se num imbróglio: na passagem da infância para a adolescência, cresceu demais, ou, como diria sua mãe, espichou além da conta, não se adequando ao *casting* de muitas produções.

A mãe, que não queria perder a galinha dos ovos de ouro, tratou de colocar a filha num curso de modelo-manequim. A segunda carreira não foi tão bem-sucedida quanto a primeira, já que naquela época, com os olhos do mundo voltados para a beleza dos trópicos e o *boom* das agências de modelo, a concorrência era descomunal.

Em algum momento, Princess relutou em seguir os planos arduamente traçados pela mãe; queria ser uma adolescente comum, ir à escola, namorar, sair com as amigas. Mas Claudia Odete, sua mãe, deu um jeito de colocá-la no prumo. Não tinha dado aquele nome para sua filha em vão. Quem nasce para ser princesa nunca perde a majestade. E, assim, seu rebento continuou a peregrinação pelos testes de elenco. Figurante, dançarina, apresentadora, VJ. Qualquer chance de trabalho que pintasse, lá estaria ela, acompanhada da mãe.

Passou em alguns testes, foi reprovada em outros. No início dos anos 2000, com a explosão dos *reality shows*, Princess teve certeza de que ficaria famosa de um jeito ou de outro. Se inscreveu no *BBB*, no *Popstar*, tentou *No Limite*, *Brasil Next Top Model*. Em todos, chegava à fase das entrevistas, mas nunca entrava.

Já estava fazia algum tempo reclusa e tinha aberto uma casa de bolos – cozinhar sempre tinha sido um hobby – com o dinheiro que juntara nos anos de publicidade quando a mãe a avisou da estreia do quadro *Comidinhas do Brasil*. Quase não acreditou quando passou na primeira etapa. Para sua surpresa, os jurados foram aprovando todos os seus pratos, fazendo-lhe elogios rasgados, e assim ela passou etapa por etapa até chegar à semifinal. Pela primeira vez na vida, seria a primeira em alguma coisa, pressentia.

"Dos quatro semifinalistas, o único páreo duro é Rayanne", assim pensava Princess. Watanabe tinha chegado até ali mais pela precisão no corte do peixe, pela disciplina no cumprimento do horário das provas e pelo cuidado que tinha com a assepsia do balcão assim que terminava o prato – suas rigorosas sessões de limpeza haviam gerado inclusive memes na internet –, mas era o menos carismático e o que tinha menor número de seguidores nas redes sociais. Jeanne, pelo contrário, estava ali apenas pelo carisma. *O público tinha caído de amores por sua alta taxa de triglicérides*, costumava dizer Claudia Odete. Na execução dos pratos, ela não era exatamente competente, e ainda tinha o problema de desmantelar a comida com sua mania de beliscar.

Rayanne juntava todas as características essenciais a um *reality* de culinária: tinha uma história de vida edificante, vinha de longe em busca de seu sonho, era bonita e cozinhava bem uma comida regional. Por isso, o olhar de decepção de Princess quando a viu entrar esbaforida na sala onde os candidatos aguardavam a chamada do programa não passou despercebido.

— Até mais — disse Jeferson, despedindo-se com um beijo no rosto de Rayanne sob o radar atento de Princess.

— Rayanne! — clamou Nery, exasperado. — Onde é que você tava, criatura?

— Desculpa, Nery — disse Rayanne. — Aconteceu um imprevisto, mas eu já tô aqui.

— E por que é que você não atende seu bendito celular? — ralhou o diretor.

— Eu tava no trânsito. Vim de moto. Com uma mão segurava no carona, com a outra eu trazia o isopor térmico com os ingredientes do prato. Cada vez que eu sentia o celular vibrar no bolso, meu coração queria sair pela boca de tanta ansiedade pra chegar aqui.

— OK. Prepare-se. Os outros candidatos já estão a postos. Vocês ainda têm um tempinho. Logo, logo eu chamo todos vocês.

Assim que Nery saiu, Rayanne começou a preparar o prato. Naquela etapa do *reality* seria muito difícil qualquer um dos quatro ser eliminado, porque o desafio valia uma pontuação de zero a dez, e só não iria para a próxima fase quem zerasse – àquela altura do campeonato, com o nível dos competidores, isso estava praticamente fora de cogitação.

O tema daquela etapa era inverno. Os quatro semifinalistas tinham que preparar um prato que se adequasse à estação e acabaram caprichando no quesito "comidinhas gourmet". Princess fez um fondue de chocolate com creme de avelã; Watanabe, um caldo de piranha mato-grossense; Jeanne, uma polenta cremosa com ragu à bolonhesa; e Rayanne, uma sopa de grão-de-bico com salada de alface e croûton como acompanhamento.

Todos os pratos estavam preaquecidos e seriam finalizados no programa.

Os quatro aguardavam ansiosos a entrada ao vivo. Rayanne aproveitou os últimos instantes antes da gravação para ir ao banheiro. Princess observou a colega sair, foi até a porta e a acompanhou com o olhar para se certificar de que ela entrara no banheiro. Em seguida, fixou o olhar em Jeanne, que estava muito ocupada lambendo o recheio de um biscoito, enquanto Watanabe cortava pimentões e cebolas, numa concentração digna de monge tibetano.

Princess, então, tirou de dentro de sua bolsa um pote de vidro com a inscrição *Presente de mamãe*. Dentro, uma disforme e abjeta lesma. Caminhou até a mesa onde estava o cardápio que Rayanne serviria e abriu o pote. Deixou que o molusco passeasse lentamente por entre a salada, pegou algumas folhinhas e o cobriu.

— Atenção! Atenção! Todo mundo preparado? O quadro entra no ar em dois minutos! — Jeferson entrava na sala para avisar os candidatos. — Cadê a Rayanne?

— Tô aqui! — disse a amapaense, voltando ao lugar.

***

Rayanne foi a última a apresentar o prato.

— Sopa de grão-de-bico? — questionou Marco Antonio. — Você não acha que é um prato simples demais para uma semifinal? Seus colegas capricharam. Você não pode dar um passo em falso agora, Rayanne. Cada ponto aqui é precioso.

— Eu sei, mas não vejo problema na simplicidade, Marco Antonio. Às vezes, perdemos tanto tempo tentando tornar o prato sofisticado que esquecemos o que realmente importa: o sabor.

— Bem... — interveio Catia, simpática —, então me diga o que tem de diferente nessa sopa.

— Acho importante dizer que todos os ingredientes do prato são frescos e orgânicos. O grão-de-bico ficou de molho durante trinta minutos em água morna. Esse é o truque para soltar toda a casca. Depois é só deixar cozinhar na pressão por meia hora e juntar os ingredientes que faltam com aquele temperinho e bater no mixer ou no liquidificador. Só tem um detalhe: como é uma sopa de grão-de-bico com linguiça calabresa... Eu fiz com calabresa, mas quem preferir pode fazer com toscana que também fica boa. É importante cortar em cubinhos bem pequenos e grelhar com um único fio de azeite, porque a calabresa já solta gordura quando cozinha. Desse modo, ela fica bem crocante.

— Hum, o cheiro tá bom, né, Neuzinha? — disse Catia.

— Tá ótimo — respondeu a jurada.

— E o que é isso? — perguntou Marco Antonio, referindo-se à salada.

— Uma entradinha. Salada de alface-americana com croûton e gorgonzola regada com azeite. Eu diria que tanto a entrada como o prato principal estão bem crocantes — brincou Rayanne.

Neuzinha se aproximou da mesa onde estavam as receitas preparadas por Rayanne, pegou o talher e deu uma garfada na salada.

— Hum, a entrada tá boa. Realmente bem crocante. Agora deixa eu provar a sopa — disse a jurada, pegando uma das torradas que Rayanne deixara dispostas numa travessa ao lado. — Ai, tá quente! Rayanne como é servido o prato? Você come a torrada à parte ou molha um pouco na sopa?

— Isso fica ao gosto do freguês, Neuzinha. Tem gente que gosta de comer separado, outros preferem jogar o caldo por cima. Eu prefiro com caldinho.

— Minha nota pra você é... nove e meio! *Magnifique!* A consistência, o sabor, a aparência, está tudo ótimo! Só não foi dez porque senti falta de um tempero um pouco mais regional aí. Acho que hoje, nesse quesito, o Watanabe com seu caldo de piranha mato-grossense ganhou minha preferência.

Rayanne agradeceu sua nota a Neuzinha. Nove e meio era uma excelente pontuação. Agora era a vez de passar pelo crivo do Imperador. Marco Antonio se aproximou da mesa, olhou para o prato principal, cheirou-o, achou o aroma agradável.

— Perfumado está — disse.

Rayanne vibrou. Era difícil Marco Antonio começar sua avaliação com um elogio. O Imperador, então, continuou seu escrutínio pela iguaria. Deu uma garfada na salada e paralisou. Rayanne ficou apreensiva.

— Rayanne, *ma* chérie, você disse há pouco que uma das especificidades do prato era a... crocância. Foi essa palavra que você usou, não é mesmo?

— Isso mesmo, Marco Antonio — respondeu Rayanne.

— E o que dizer dessa lesma tão viscosa? — perguntou, levantando no garfo o molusco, que foi imediatamente focalizado pela câmera. — Francamente! Eu esperava mais de uma candidata na semifinal! Não tenho nem coragem de experimentar esse prato feito sabe-se lá em que condições de higiene!

Findas as palavras de Marco Antonio, Rayanne sentiu seu chão ruindo e sua visão ficando turva; por pouco não desfaleceu no estúdio. Mas, antes de tombar, recobrou as energias para se defender.

— Como? — indignou-se a concorrente. — Como esse bicho foi parar aí? Alguma coisa não bate nessa história! Eu lavei muito bem todas as folhas!

— Eu tô vendo — ironizou o jurado.

— Rayanne — interveio Catia —, o que aconteceu realmente é muito chato.

— Eu sei, Catia, mas eu realmente tomei todos os cuidados. Eu não sei o que houve.

A essa altura da conversa, Neuzinha estava com ânsia de vômito, pensando se não tinha mandado um molusco gelatinoso goela abaixo. Princess esboçava um sorriso de canto de boca tão discreto que ninguém percebeu.

— Bem, Marco Antonio — continuou Catia —, a gente tem que entender que às vezes todos os cuidados não eliminam o risco de ter lagarta nas hortaliças. Você pode não ver... muitas vezes não se consegue retirar cem por cento da lagarta.

— OK. Vou experimentar a sopa — respondeu Marco Antonio, contrariado, mas não sem perder a chance de alfinetar. — Afinal, uma lesma não sobreviveria ao calor do preparo dela.

Dito isso, o jurado provou o prato e, já sem nenhuma boa vontade, conferiu uma nota quatro e meio para Rayanne. Catia provou na sequência. Apesar de ter gostado bastante do prato, deu uma nota aquém do esperado, como forma de repreensão. Afinal de contas, como apresentadora, estava ali para corrigir eventuais distúrbios.

Rayanne ficou arrasada. Seu grande sonho de ser uma *chef de cuisine* internacional esvaía-se. Seria preciso tirar a pontuação máxima na etapa final do programa para sair vitoriosa.

Receitas

SOPA DE GRÃO-DE-BICO

3 dentes de alho picados
1 cebola picada
Azeite a gosto
Cerca de 1 litro de água
500 g de grão-de-bico
Sal a gosto
Pimenta-do-reino a gosto
½ xícara (chá) de arroz cru
Linguiça toscana cozida ou linguiça calabresa frita

Deixe o grão-de-bico de molho por 30 minutos em água morna, se quiser retirar a casca. Frite o alho e a cebola no azeite, acrescente a água, o grão-de-bico, o sal, a pimenta-do-reino e deixe cozinhar na pressão por 30 minutos ou até cozinhar bem.

Bata com o mixer ou no liquidificador para fazer um creme, mas mantenha uns pedaços de grão-de-bico, ajuste o sal, coloque o arroz para cozinhar no creme e mexa sempre para o arroz não grudar no fundo da panela. Se necessário, acrescente um pouco de água, até o arroz cozinhar e a sopa ficar na consistência pretendida. Guarneça com a linguiça toscana cozida ou com a linguiça calabresa fatiada e frita ou simplesmente com pães.

20.

Rodrigo estava fazia uns quinze minutos no bar Skye tomando seu uísque *on the rocks* quando Catia entrou. Estava deslumbrante, num vestido vermelho fendado Carolina Herrera.

— Desculpe a demora. Tava numa reunião com Nery. Ele acha que a gente tem que gravar um vídeo...

Rodrigo pousou suavemente o dedo indicador nos lábios de Catia.

— Chega de trabalho por hoje!

— Tá certo! É que eu ainda tô com o programa na cabeça. A reta final do *Comidinhas do Brasil*, o que aconteceu hoje com a Rayanne...

— Eu entendo. Pra mim também é difícil desligar, mas vamos tentar relaxar um pouco.

Rodrigo chamou o *maître*, que encaminhou o casal para uma mesa no deque do restaurante.

— Uau! Que vista impressionante! — admirou-se a apresentadora.

— É a primeira vez que você vem aqui? — Rodrigo quis saber.

— Sim!

— A vista é mesmo sensacional, mas tenho que confessar que sou um privilegiado, pois a melhor visão que eu poderia ter está a poucos metros de mim. Você está fabulosa.

Catia corou e sorriu um pouco encabulada.

— Engraçado não ter mais ninguém além da gente aqui — disse.

— Não tem nada de engraçado. Eu achei que a gente merecia um lugar pra chamar de nosso — disse Rodrigo.

— Você tá querendo dizer que...

— Que reservei o deque pra gente.

— Você é mesmo maluco!

— Maluco porque quero te fazer feliz? Maluco porque quando te faço feliz, tô fazendo a mim mesmo feliz?

— Você acha que isso vai dar certo? — perguntou Catia.

— Isso o quê?

— Isso. Eu e você. Essa história. Já parou pra pensar no por quê de a gente estar junto agora? A gente se conhece há tanto tempo e de repente...

— De repente deixamos as turras de lado e aceitamos que somos feitos da mesma matéria. Catia, por que você acha que a gente brigava tanto? Porque somos iguais e detestávamos ver nossa imagem refletida um no outro.

— Você tem razão, mas...

— Mas nada. Deixa os problemas lá fora e vem dançar comigo — disse Rodrigo, estalando os dedos para o DJ e levantando-se da mesa. Catia o acompanhou. A voz quente de James Blunt invadiu o ambiente.

My life is brilliant
My love is pure
I saw an angel
Of that I'm sure

— Como você sabe que eu amo essa música? — vibrou Catia, enquanto dançava com Rodrigo.

— Fiz minha lição de casa direitinho. Tenho que confessar que não foi muito difícil. Além das fontes seguras, o alvo da minha pesquisa é uma mulher pra lá de estimulante.

— Por "fontes seguras" você quer dizer Nery, Carla, Léo e toda a patota?

— Sim. Seus amigos... Nossos amigos, que querem o melhor pra gente. E o melhor é ficarmos sempre juntos. Namora comigo?

Catia deu uma gargalhada, e Rodrigo ficou sem palavras.

— Isso é uma brincadeira? — perguntou, recompondo-se ao perceber que ele estava sério.

— Claro que não!

— Desculpa, Rô, mas é que acho que nem quando era adolescente eu recebi um pedido tão formal. A gente já não tá namorando?

— Não sei. Estamos?

— Estamos.

— Então o que é que tá faltando pra gente assumir pra todo mundo? Tipo postar foto no Instagram, mudar o status no Facebook?

— Hahaha, você é doido mesmo, né? Precisa disso?

— Não. Mas também não tem por que trocarmos mensagens em segredo, cochichando pelos cantos. Isso, sim, é adolescente.

— Você tá certo. Preciso antes conversar com meus filhos, falar com minha mãe. Essas coisas que acontecem quando duas pessoas que se gostam decidem ficar juntas.

— Também vou conversar com minha filha.

Naquele momento, dançando coladinhos com a cidade aos pés, Catia e Rodrigo tiveram a sensação de que, enquanto estivessem juntos, não teriam mais nada a temer. A voz de James Blunt foi substituída pela de Lukas Graham, e Rodrigo cantou baixinho no ouvido de Catia: *"It was a big, big world but we thought we were bigger, pushing each other to the limits, we were learning quicker"*.

***

Seria um dia como outro qualquer na rotina de Catia, com as atribulações e os imprevistos habituais da apresentadora de um programa que fica quatro horas ao vivo de segunda a sexta. Chegou apressada, pois ainda tinha duas reuniões antes de o programa entrar no ar no começo da tarde. Logo que pisou no estúdio, viu que teria que remarcar as reuniões quando Carla abruptamente a puxou pelo braço.

—Agora não dá, Carla — respondeu, mecanicamente. — Tô ocupada.

— Então desocupe-se, pois acho que você vai querer ver o que tenho aqui — respondeu a irmã, entregando uma revista de fofoca.

Catia pegou a publicação e leu a manchete em letras garrafais: *Saiba tudo sobre o romance entre Catia Fonseca e Rodrigo Riccó, o pivô do divórcio da apresentadora.* Estarrecida com a chamada, Catia teve vontade de picotar o periódico mequetrefe, mas se conteve. Com a revista em mãos, foi até o camarim e leu pelo menos umas cinco vezes letra por letra do que estava escrito ali. Indignou-se com o amontoado de mentiras naquelas páginas. *Estão juntos há, pelo menos, dois anos. Tiveram uma curta lua de mel na Europa, época em que Catia viajou para a Itália. Os filhos não aceitaram bem a nova relação.*

— Nada disso é verdade! — exasperou-se Catia, diante da irmã, apreensiva. — São factoides criados pra vender! Sensacionalismo barato!

— Eu sei, mana. A notícia foi deturpada, inventada! Mas você e o Rodrigo... vocês realmente estão juntos.

— Começo de namoro, Carla! Esse jornalista – se é que é possível chamar esse cara de jornalista – diz que a gente tá junto há milênios, inventa uma história estapafúrdia. Eu e o Rô começamos a namorar há algumas semanas! A gente até conversou sobre isso ontem, sobre tornar pública nossa relação, e a gente só não fez isso até agora porque tem outras pessoas envolvidas. Meus filhos, a filha dele, a mamãe... Íamos avisá-los para depois assumir publicamente.

— E agora? O que você vai fazer? — perguntou a irmã.

— Não sei. Me deixa sozinha. Preciso pensar.

***

Quando Carla saiu, Catia encarou-se no espelho e teve uma elevação de apreço por si mesma. Aos quarenta e cinco anos, tinha feito algumas intervenções estéticas. Plástica, silicone, lipoaspiração. Aqueles procedimentos, somados à maneira cristalina e corajosa como tinha enfrentado todos os contentamentos e as agruras da vida, tinham lhe conferido uma imagem que ela gostava de ver. Não esperava ter o corpo de uma mulher de vinte anos, porque não tinha vinte anos. E, quando tivesse cento e quarenta anos – idade a que ela queria chegar –, seria uma velha doida e feliz.

Acabara de sair de um relacionamento que vinha tentando salvar havia quatro anos, tinha os filhos. Mas cada um tem um rumo na vida. Se ela e o ex estavam infelizes, por que continuar juntos? Não deu certo? Deu certo, sim, era a resposta. Deu certo por vinte e cinco anos, depois deixou de dar. Quem era o culpado? Ninguém. Não teve traição. O casamento acaba quando você deixa de ter admiração pelo outro ou quando não há mais companheirismo.

Conhecia Rodrigo havia muitos anos. No começo, eles brigavam muito. Ele foi para Portugal e voltara fazia pouco tempo. A primeira vez que o beijou, naquele descampado em Boituva, a ideia não era nem começar um namoro. Mesmo tendo se aventurado em encontros com rapazes que conheceu nos aplicativos, Catia pensava em ficar um pouco sozinha. Gostava do frenesi da paixão, mas estava um pouco fatigada de relacionamentos duradouros e, por isso, não queria se envolver com ninguém. Mas foi vendo que era muito parecida com Rodrigo, que eles se completavam. Relutou em assumir que estava apaixonada, até que resolveu dar uma segunda chance ao amor – e não havia por que se envergonhar de um sentimento tão genuíno.

Foi pensando dessa maneira que resolveu tornar público aquele sentimento que só a engrandecia. Sempre tinha levado uma vida pessoal discreta, mas teve a sensação de que, naquele momento, precisava botar o pingo nos "is" para não dar margem a nenhum mal-entendido. Chamou Rodrigo em seu camarim. Precisava consultá-lo sobre a decisão, já que ele estava diretamente implicado nela.

***

— Um, dois, três, gravando! — gritou Rodrigo.

Catia ficou parada olhando para a lente da câmera, o pensamento voava longe. Num flash, voltou até sua infância no sobrado da Vila

Romana, lembrou a saída do pai de casa e a responsabilidade precoce de ajudar a mãe com os salgadinhos e na criação dos irmãos, passou pelo emprego de recepcionista que conciliava com os estudos na faculdade de rádio e TV, o primeiro teste, os muitos nãos, a primeira vez que pegou um microfone para gravar uma matéria, as receitas culinárias inventadas, aprovadas, queimadas, os afetos que tinha construído, os filhos que voaram com as próprias asas, as risadas com os amigos nas madrugadas, o público que tinha conquistado e que a acompanhava havia mais de vinte anos.

— Catia, Catiaaaaa... — chamava sua atenção no ponto eletrônico Rodrigo, preocupado. — A gente tá no ar, Catia!

— Olá! Muito boa tarde! — disse Catia, entusiasmada, saindo daquele repentino estado catártico. — Hoje é dia dezesseis de junho, quinta-feira, e o programa tá recheado de coisa boa. Sabe aquele pão de batata que você adora comer quando vai ao shopping, recheadinho com queijo e presunto? Então... hoje você vai aprender essa receita aqui com a gente. Vamos falar de um tema importantíssimo: assédio sexual. Tem também o quadro de saúde, que hoje vai dar dicas pra você cuidar da gastrite, aquela queimação chata que às vezes aparece quando a gente menos espera.

A introdução nunca parecera tão extensa para Rodrigo, que acompanhava apreensivo o que viria a seguir.

— Mas, antes de começar o programa — disse Catia, sentando-se numa poltrona ao lado de Mamma Bruschetta —, vou falar uma coisa. Um jornalista publicou ontem uma matéria dizendo que eu me separei do meu marido para ficar com o Rodrigo Riccó, que na época era casado. Vou falar sobre essa história uma vez só. Eu me separei porque havia anos eu queria me separar, por motivos que não interessam a ninguém, a não ser a mim e ao meu ex. Rodrigo se separou da mulher meses atrás por motivos que só interessam aos dois. Há algumas semanas a gente começou a namorar. Não vou mais falar sobre o assunto, mas é muito chato, porque tem duas famílias envolvidas. Aqui, todo mundo sabia. A direção da emissora sabia. Não faz mais isso não, querido. Sabe por quê?

No dia em que fizerem com você, você não vai achar legal. Se a gente não gosta pra gente, a gente não faz pro outro. Respeito é importante, não só a mim nem a ele, mas às famílias envolvidas. Ele tem uma filha de dez anos, e é muito chato pra criança ouvir uma história dessas. Então, faço questão de comentar isso aqui. E outra: gente, se você assiste ao programa e sabe qual é minha postura, se tem alguma dúvida, chega e pergunta. Não vou provar nada pra ninguém porque não preciso. E não falo mais sobre o assunto.

Catia terminou o desabafo e foi entusiasticamente parabenizada por Mamma. Do outro lado da câmera, Rodrigo a olhava, enternecido. Se já a admirava antes, naquele momento não coube em si de tanto orgulho. Orgulho por ter como companheira uma mulher altiva, que não baixava a cabeça diante das adversidades, que sempre enfrentaria futuros contratempos – garoas ou vendavais – com coragem e honestidade.

***

Assim que terminaram as gravações, Catia deu uma passada rápida no camarim. Estava em frente ao espelho retocando o batom quando escutou duas batidas à porta, que logo se abriu. Era Rodrigo.

— Entra, Rô.

— Tá tudo bem?

— Melhor impossível. Sempre fui uma mulher transparente. Não tinha como deixar uma mentira deturpar a história.

— Que tal um jantarzinho pra celebrar essa nova etapa?

— Hoje não posso. Tenho visita agora. Aliás, tô atrasada.

— Visita? — perguntou Rodrigo.

— Vou ver um apartamento. Você sabe, né? Tô lá na casa do Léo provisoriamente, mas tô procurando um canto já faz tempo.

— Posso ir com você?

— Jura? — surpreendeu-se Catia. — Você quer mesmo?

***

— Como assim, vendido, Luiz? Eu não pedi pra você segurar o apartamento? — bradou Catia em frente à portaria do prédio.

— Desculpa, Catia, mas também fui pego de surpresa — justificou-se o corretor. — A imobiliária me avisou quando eu tava vindo pra cá.

— Poxa, que falta de organização! Eu tive um dia tenso! Se soubesse, não teria vindo até aqui.

— Mais uma vez, desculpa.

— Eu tinha gostado tanto desse apê pelas fotos. Você trouxe as chaves? Posso dar uma olhadinha?

— A chave fica na portaria — disse o corretor.

— Pra que ver o apartamento, se você não vai comprar, Catia? — questionou Rodrigo.

— Ah, sei lá. Já que eu vim até aqui...

Rodrigo sabia que, quando Catia encafifava com algo, era difícil convencê-la do contrário. Subiram até o apartamento.

— Meu Deus! Que vista linda! — surpreendeu-se a apresentadora enquanto abria a porta da varanda. — Este apartamento não é a nossa cara?

— Você disse *nossa* cara? — admirou-se Rodrigo.

— Não, eu disse *minha* cara.

— Não, Catia. Você disse *nossa* cara.

— Tá. Pode ser. Mas foi um ato falho.

— Você faz terapia e sabe muito bem o que quer dizer um ato falho. Catia, baixa a guarda um pouco. Você já pensou em a gente morar junto?

— Morar junto? Eu e você? Mas nem...

— Por que não? Somos adultos, temos nossa independência, gostamos um do outro.

— Você não acha que é muito pouco tempo junto pra uma decisão tão séria?

— Sinceramente? Não. Cada vez mais tenho vontade de acordar todos os dias a seu lado. E, para aqueles dias em que os dois estiverem com um humor do cão, a gente escolhe um apartamento grande. Você fica num canto, e eu, no outro. A gente não vai precisar se esbarrar — brincou ele, desarmando a namorada.

— Me dá um tempo. Eu preciso pensar.

Rodrigo consentiu com o olhar. Conhecia Catia havia bastante tempo e sabia que de nada adiantaria pressioná-la. Como nas receitas a que estava acostumada a fazer, suas decisões também careciam de um tempo para maturação. *Pazienza, pazienza...*

Receitas

Pão de batata

Massa:
3 ovos
200 g de margarina
4 batatas cozidas amassadas
50 g de fermento biológico fresco
1 colher (sopa) de açúcar
600 g de farinha de trigo
1 ovo, para pincelar

Recheio:
300 g de presunto picado
2 tomates sem pele e sem semente
400 g de muçarela picada
1 lata de creme de leite
Orégano a gosto

Misture todos os ingredientes do recheio e reserve.

Para a massa, misture os ovos com a margarina, as batatas amassadas e reserve. Dissolva o fermento com o açúcar, junte a mistura de ovos, a farinha e amasse bem; deixe crescer, até dobrar de volume.

Divida a massa ao meio – com uma parte, forre o fundo da assadeira untada; então, coloque o recheio e, depois, o restante da massa. Ao fim, pincele com ovo batido.

Asse em forno preaquecido a 180 °C até dourar.

21.

Julho tinha chegado sem pedir licença e engolido metade do ano. "A vida, senhor Visconde, é um pisca-pisca", teria dito Emília ao Visconde de Sabugosa falante. Sem saber bem o porquê, essa frase martelava na cabeça de Catia. Pensou em quanta coisa tinha lhe acontecido nos últimos tempos: separação, viagem, a troca de diretor no programa, o sucesso do *Comidinhas do Brasil*, mudança de endereço, encontros, acidente, um novo e – assim esperava – definitivo amor. Parecia que já tinha vivido muitas vidas numa só e ainda queria mais. Como boa aquariana, olhava para a frente. Não tinha raízes, tinha antenas. E foi numa noite de inverno de julho que trombou com o futuro dobrando uma esquina.

Acabara de sair de uma cantina, depois de um jantar romântico com Rodrigo, e Catia ainda sentia na boca o sabor da polenta com molho de carne, que lembrava um pouco a que ela mesma costumava fazer. Estavam os dois caminhando pela avenida Paulista quando cruzaram com uma fila gigantesca que dobrava o quarteirão. Curiosos, perguntaram do que se tratava. "Noite de autógrafos", foi a resposta. Mas que escritor era esse capaz de reunir multidões? Não era um escritor, foi a resposta de um adolescente. Era o que então? Um cantor? Ator? Esportista? "Youtuber", respondeu o fã. "Youtuber?", indagou, curiosa, Catia. Que raios era isso? Conhecia a rede social de compartilhamento de vídeos, mas não sabia bem o que era um youtuber.

Toda aquela repercussão causada por um ídolo *teen*, que nem ela nem Rodrigo tinham ideia de quem fosse, fez com que uma luzinha se acendesse na cabeça deles. Passariam os dias seguintes flertando com o novo. *A vida, senhor Visconde, é um pisca-pisca.*

***

Chico e B. Tany não se falavam já havia algumas semanas. Ela teve uma espécie de *insight* num fim de tarde nublado de julho quando, ao voltar para casa, passou em frente a um muro onde viu a pichação ONDE NÃO EXISTIR RECIPROCIDADE, NÃO SE DEMORE. Desde então, não mais ficou à deriva, esperando por respostas que nunca vinham, conferindo a última vez que ele tinha acessado seu WhatsApp ou se já tinha visualizado as mensagens enviadas.

Mas ainda não estava tranquila com essa nova resolução. Lembrou-se das sessões de pintura, do encontro, da noite que passaram juntos. Existiu conexão entre eles. Por que ele não quis se encontrar mais com ela era algo passível de explicação, mas ela desencanara de encontrar respostas. Até aquele dia em que, da janela do quarto, com uma taça de conhaque nas mãos, olhou para a lua cheia. Lembrou-se de Drummond e seu "Poema de sete faces": "Eu não devia te dizer, mas essa lua, mas esse conhaque, botam a gente comovido como o diabo". "Dane-se a reciprocidade!", pensou. Nem que fosse por desencargo de consciência, precisava falar com Chico. Pegou o telefone e ligou.

— Você sumiu — disse B. Tany.

— Muito trabalho, correria — respondeu Chico.

Não demoraram mais que cinco minutos na linha. Ao perceber no tom de voz de Chico, no laconismo das respostas, que a tal reciprocidade realmente não existia, foi direta:

— Você não tá mais a fim?

A resposta de Chico também foi direta. Crua e cruel.

— Não.

Quando desligaram o telefone, cada um em seu canto, os dois se pegaram chorando. Fazia alguns dias tudo era tão bonito. Existia possibilidade de amor. E agora tudo o que lhes restava naquela noite fria do inverno paulistano era o duro anonimato da solidão.

***

Os derradeiros momentos de julho seriam decisivos para Rayanne, pois a final do *Comidinhas do Brasil* aconteceria dali a alguns dias. Precisava se concentrar ao máximo na última prova, principalmente depois de ter ido tão mal na fase anterior. Por isso, não pensava em mais nada, a não ser no prato que prepararia. Teria que ser algo suntuoso, delicioso, um deleite para os cinco sentidos. Algo que fizesse os jurados comerem com a boca, mas também com os dedos e com os olhos.

À espera de gravar a chamada para a final do quadro, Rayanne repassava na cabeça os últimos detalhes do prato. Foi nesse estado de ensimesmamento que Jeferson a encontrou num dos corredores da emissora. Estava tão absorta que levou um susto quando ele passou a mão em seus cabelos.

— Olha que o pau te acha, filho d'uma égua! — exclamou Rayanne, assustada.

— Calma, Ray! Só quis fazer um carinho — desculpou-se Jeferson, envergonhado.

— Diacho! Tava aqui distraída. Mas quantas vezes já te falei que não quero você me rodeando? Ainda mais agora que...

— Que falta uma semana pra final do *Comidinhas do Brasil*. Tô cansado de escutar essa fita, mina!

— Se tá cansado, então por que insiste? Jeferson, eu já te falei. Eu gosto de ti. Você é um cara legal, mas não quero me envolver com ninguém agora, muito menos com você!

— Isso! Eu venho aqui na humildade e você me tirando. Mas, ó, eu sei que você quer ficar comigo.

— Vamos supor que sim, que eu esteja a fim de ti, você não pode esperar um pouco?

— Quer dizer então — empolgou-se Jeferson.

— Quer dizer que nada. Deixa eu me concentrar. Tenho que decorar o texto que vou dizer ainda.

— Deixo, minha indiazinha, deixo — concluiu Jeferson, mas antes virou-se e deu um selinho estalado em Rayanne.

— Sai daqui, Jeferson! Me deixa!

Ao último rugido da fera, o assistente de produção não titubeou e partiu acelerado.

— Tá bom, onça brava, vou te deixar em paz. — Foram suas últimas palavras.

Receitas

Molho para massa ou polenta

500 g de músculo traseiro em pedaços pequenos
¼ de xícara (chá) de extrato de tomate
1 litro de água
1 cebola
1 cenoura
1 colher (sobremesa) de açúcar
1 xícara (chá) de caldo de carne
2 latas de polpa de tomate
2 latas de tomate pelado
2 talos de salsão
2 folhas de louro
3 dentes de alho
Sal a gosto
Orégano a gosto
Folhas de manjericão a gosto

Na panela de pressão, coloque todos os ingredientes, então tampe e, assim que pegar pressão, conte 20 minutos ou espere até a carne amaciar. Sirva com massa *al dente* ou polenta.

22.

— ATENÇÃO! UM, DOIS, TRÊS! Gravando! — gritou Rodrigo, dando início ao programa que levaria ao ar a final do *Comidinhas do Brasil*.

Nos bastidores, compenetrados e enfileirados, Jeanne, Watanabe, Princess e Rayanne. O silêncio que permeava o ambiente era tanto que daria para ouvir a queda de um alfinete. A disposição da apresentação dos pratos, e sua imediata degustação pelos jurados, tinha sido definida seguindo a ordem alfabética do nome dos candidatos. Por esse critério, o primeiro a entrar foi Watanabe, ou Henrique.

— É uma receita típica da região de Kansai, no Japão, e não é acompanhada de peixe cru. Assim, o sushi espalhado, ou tirashizushi, como também é conhecido, não tem ingredientes fixos — disse o candidato ao apresentar o prato.

— Gostei da inovação — disse Neuzinha Felicidade. — Você já comeu esse sushi sem peixe, Marco Antonio?

— Tenho que confessar que, feito dessa forma, é novidade pra mim. Mas, Watanabe, me diga uma coisa. O nome do quadro é *Comidinhas do Brasil*. Onde é que entra a brasilidade aí nesse prato?

— Marco Antonio, apesar da origem estrangeira, o tirashizushi transformou-se com o passar dos anos, graças aos descendentes das famílias orientais presentes aqui no Brasil, principalmente da comunidade japonesa que se abrigou em São Paulo, na Liberdade. Então, eu trouxe para a receita ingredientes encontrados facilmente na agricultura brasileira, legumes de época que qualquer pessoa pode ter na despensa ou na geladeira, como ervilha e cenoura, e outros que você encontra facilmente no mercado, como shiitake ou gergelim preto.

Finda a explicação, Catia, Marco Antonio e Neuzinha experimentaram o ornamentado bolinho de arroz. Depois seria a vez de Jeanne com sua bandeja de quindim de pistache. O recipiente que minutos antes continha quinze docinhos chegou ao palco contendo apenas dez, já que cinco haviam sido provados pela mestre-cuca.

— Quindim? — exaltou-se Marco Antonio. — Francamente, Jeanne! Eu esperava um prato mais elaborado para a final! Além do mais, onde está a genuinidade brasileira dessa iguaria? Quindim é receita portuguesa, com certeza!

— Aí é que você se engana, Marco Antonio! — interpôs-se Jeanne. — No quindim português, mais conhecido como brisa-do-lis, em vez de coco ralado, é utilizada amêndoa. A receita que utiliza coco ralado é originária do Nordeste brasileiro. Eu me ative a esse ingrediente da culinária brasileira e acrescentei pistache, o que deixou o quitute com um sabor único.

— Hum, mas tá de comer rezando! — disse Catia, a primeira a experimentar o doce. — Vou até pegar mais um!

Em seguida foi a vez de Marco Antonio e Neuzinha experimentarem o quindim e fazerem suas anotações.

Restavam apenas duas candidatas, e Catia chamou Princess, que apareceu com uma elaborada torta confeitada de três andares, habitada por quatro bonecos comestíveis. No primeiro andar, havia uma boneca levemente rechonchuda comendo um doce e um que parecia japonês levantando um peixe; no segundo, uma índia aparecia deitada numa rede; e, no topo do bolo, despontava uma boneca loira com uma coroa na cabeça.

— Olha! Vejo que você se esmerou na homenagem aos colegas, Princess! — A apresentadora sorriu.

— É verdade, Catia. Eu me empenhei ao máximo para chegar até aqui e queria que meu prato tivesse tanto apuro visual como requinte gustativo.

— E o que você trouxe pra gente provar? — interrompeu Marco Antonio.

— Torta gelada *and* molhada de tapioca — respondeu a candidata. — Com recheio de doce de leite e cobertura de chocolate meio amargo.

— Hum. A cara tá boa, né, Marco Antonio? — disse Neuzinha, pegando um pedaço, no que foi seguida pelo jurado e por Catia, que comeram em absoluto silêncio, o que denotava puro deleite.

— Gente, nunca comi uma torta tão boa em toda a minha vida! — disse Catia. — Vou querer mais um pedaço!

— Fique à vontade, Catia — disse Princess, escancarando um sorriso.

Os três jurados se detiveram por mais algum tempo comendo a torta, até que Rodrigo avisou Catia no ponto eletrônico que era preciso correr para a próxima candidata. Rayanne entrou empurrando seu carrinho, que trazia uma bandeja com aperitivos, e um aroma irresistível tomou conta do estúdio.

— Trouxe o que pra gente comer, minha bonitinha? — perguntou Catia.

— Bolinho nordestino porreta.

— Eita que já gostei do nome! — brincou a apresentadora. — E qual é o motivo de escolher um prato nordestino, minha linda? Você não é do Norte?

— O Brasil é um país muito grande, Catia. De muitas misturas. Eu mesma tenho descendência indígena por parte de mãe e nordestina por parte de pai, que era um pernambucano de descendência holandesa.

— Hum, o cheiro tá muito bom — continuou Catia. — Agora, Rayanne, conta pra gente: o que é que tem de tão porreta nesse bolinho pra ele ter sido a escolha da grande final?

— Bem, Catia — começou Rayanne —, eu acho que toda comida, por mais simples que seja o preparo, carrega uma história. E não é só a história da feitura do prato naquele momento. Esse bolinho, por exemplo, um dos ingredientes principais dele é a carne-seca. Tu sabes que a carne--seca é preparada com uma das formas mais antigas de conservação de alimentos? Que muitos retirantes se utilizavam desse processo pra manter a carne em bom estado durante sua peregrinação? Assim, eles alimentavam a família inteira, enquanto seguiam errantes em busca de um lugar melhor onde viver.

— Que interessante! Mas o que mais vai nesse bolinho, além da já famosa carne-seca? — interrompeu-a Catia.

— A massa é feita de macaxeira, ou mandioca, como vocês dizem por aqui. No recheio, além de charque...

— Não sei se a nossa telespectadora sabe o que é charque. Quer explicar? — perguntou a apresentadora.

— Carne-seca. No Norte, nós chamamos de charque... além de charque, vai queijo de coalho... Uma dica pra quem tá em casa vendo o programa é deixar a carne-seca bem desfiadinha junto com pimenta-de-cheiro e outros ingredientes refogando na manteiga de garrafa. Aí não tem erro!

— Hum... só de ouvir você falando me dá água na boca!

— Rayanne — interveio Marco Antonio —, tô aqui ouvindo você falar e pensando. Charque, queijo de coalho, manteiga de garrafa... São ingredientes que não encontramos em qualquer lugar. Você acha que sua receita é acessível para quem está nos assistindo agora?

— Veja bem, Imperad... Marco Antonio, a carne-seca e o queijo de coalho são produtos que encontrei ligeirinho nos supermercados daqui de São Paulo. A manteiga de garrafa é um pouco mais difícil de achar, mas em algumas cidades ela é facilmente encontrada nas feiras de produtos nordestinos. O bom da manteiga de garrafa é que ela fica em bom estado de conservação de dois a quatro meses, dependendo da marca, fora da geladeira. Em todo caso, se for difícil encontrar esse tipo de manteiga, você pode substituir pela normal. Já aviso que não vai ficar a mesma coisa por causa do sabor característico da manteiga de garrafa, além da consistência mais rançosa que ela tem.

— Bom, chega de conversa — interveio Catia. — É hora de provar esse bolinho porreta! Neuzinha, faça as honras.

— Posso? — perguntou a jurada a Rayanne.

— Por favor, fique à vontade.

Enquanto Neuzinha provava o aperitivo, Marco Antonio se aproximou e sentiu o perfume. Depois, foi sua vez de experimentar.

— Bem, o cheiro tá muito bom. Você garante que posso comer tranquilo? Que não vou encontrar iguana ou calango aqui dentro?

Rayanne não achou graça.

— Tu é leso, é?

— Como é que é?

— Nada, não — respondeu a candidata, abaixando a cabeça. — Prove. Tu vai gostar — disse, por fim, resignada.

Marco Antonio pegou um dos bolinhos e degustou. Seu semblante pétreo deu lugar a uma fisionomia agradável, quase alegre. Neuzinha já estava no quarto ou quinto bolinho. Catia foi a última a experimentar. Comeram em absoluto silêncio, até que não sobrasse mais nada na bandeja.

***

Minutos depois, estavam os quatro candidatos a postos. No ponto eletrônico, Catia foi avisada por Rodrigo de que a pontuação já havia sido computada. Um assistente de palco entrou e entregou um envelope em mãos.

— Falta pouco, muito pouco pra gente conhecer o primeiro vencedor do *Comidinhas do Brasil* — disse Catia, fazendo um curto suspense antes de abrir e ler o resultado. — Meu Deus! — pronunciou, pausadamente. — Produção, coloca o resultado aí no telão.

Obedecendo ao comando de Catia, uma imagem apareceu no telão do estúdio. O resultado surgiu em ordem crescente.

— Em quarto lugar, com 95,6 pontos, Jeanne — narrava Catia, à medida que os nomes e as pontuações apareciam. — Em terceiro, com 96,8 pontos, Watanabe. Em segundo, com 98 pontos, Princess.

Rayanne sentiu suas pernas bambas.

— Em primeiríssimo lugar, com apenas um décimo de diferença, exatos 98,1 pontos, Rayaaaaaaaaaaaane! Parabéns, Rayanne, você é a vencedora do *Comidinhas do Brasil*! — disse Catia, antes de entregar à vencedora o troféu do programa.

A euforia tomou conta do estúdio. Equipe e produção vibraram e aplaudiram a vitória de Rayanne, que não cabia em si de emoção. "Valeu a pena", foi a primeira coisa que pensou. A saudade da mãe, partir rumo ao desconhecido, enfrentar seus medos, conhecer um novo mundo com novos costumes e pessoas. Tudo isso tinha valido a pena.

— Ah, meu Deus! Eu vou despombalecer! — disse ela, com sotaque, que até tinha ficado mais forte. — Obrigada a todo mundo! Obrigada, mãinha! É muita emoção pra uma pessoa só! Não dá nem pra acreditar! Do Oiapoque a Paris!

— Só se for para a Paris... cida do Norte! — interrompeu Princess, colérica.

Todos os olhares se voltaram para ela.

— O que é isso, Princess? — advertiu Catia. — O momento pede espírito esportivo. Rayanne mereceu ganhar o concurso. Você também é uma excelente cozinheira, mas infelizmente...

— Infelizmente, ela jogou sujo — interrompeu Princess.

— O que é que você tá falando? — enfureceu-se Rayanne.

— Disso — concluiu Princess, apontando o celular para a câmera. — Foco aqui. Eu quero foco.

O câmera, sem saber como se comportar, obedeceu à ordem de Princess e deu um *zoom* na imagem estampada na tela do celular dela: o exato momento em que Jeferson dava um selinho nos lábios de Rayanne, uma semana antes. "Chama o intervalo", disse Rodrigo no ponto eletrônico de Catia. "Eu não vou chamar o intervalo", respondeu.

— O que é isso? — perguntou Catia a Princess.

— Isso é a vencedora do *Comidinhas do Brasil* aos beijos com um profissional da equipe, Catia. Quem me convence de que tudo já não estava armado?

— Você tá querendo dizer que fui conivente com uma armação? — interrompeu Marco Antonio. — Eu tenho anos de profissão como chef, minha querida, um nome a zelar!

— Marco Antonio, espera um pouco! — pediu Catia. — Rayanne, essa foto. Você e o Jeferson...

— Eu posso explicar — disse a candidata, com um fiapo de voz.

— Eu só quero saber — continuou Catia — se essa foto realmente é verdadeira.

— É — respondeu Rayanne.

— Em respeito ao público, eu não posso dar o prêmio a você. Não cabe qualquer tipo de suspeita sobre a idoneidade desse programa. Princess tem razão. Jeferson é membro da equipe, e isso coloca em xeque a imparcialidade da decisão. Dito isso, eu tenho que dizer que... Princess, você é a vencedora do *Comidinhas do Brasil*.

Ao ouvir as últimas palavras de Catia, Rayanne desejou que uma fenda se abrisse sob seus pés e a engolisse para as profundezas da Terra. Mal podia acreditar que em questão de segundos tinha ido da mais intensa euforia para a mais profunda depressão.

Catia, enfim, obedeceu à orientação de Rodrigo e chamou o intervalo. Voltaria em instantes para fazer os últimos *merchandisings* e finalizar o programa. Rayanne saiu cabisbaixa do estúdio, sob o olhar enternecido da equipe. Jeferson a alcançou no corredor.

— Ray! — gritou o assistente de produção.

— Me faça um favor, Jeferson — suplicou a amapaense —, nunca mais me procure. Nunca mais.

Receitas

BOLINHO NORDESTINO PORRETA

½ xícara (chá) de manteiga de garrafa
1 cebola grande picada
1 tomate
600 g de carne-seca dessalgada cozida e desfiada
Pimenta-de-cheiro a gosto
Cebolinha e coentro a gosto picados
1 kg de mandioca
⅔ de xícara (chá) de parmesão ralado
2 ovos (um deles para empanar)
Sal e pimenta-do-reino a gosto
2 xícaras (chá) de farinha de trigo
200 g de queijo de coalho em cubos pequenos
Farinha de rosca, para empanar
Óleo, para fritar

    Em uma panela, coloque a manteiga de garrafa, a cebola e o tomate e refogue um pouco, o suficiente para murchar os ingredientes. Acrescente a carne-seca desfiada, a pimenta-de-cheiro, a cebolinha e o coentro.

Em outra panela, cozinhe a mandioca. Depois, amasse-a, junte coloque o queijo ralado, um ovo batido e sal. Misture bem e adicione a farinha aos poucos, até desgrudar das mãos. Enrole um pouco da massa na mão e abra colocando um pouco de recheio de carne-seca e um pedacinho do queijo de coalho. Feche bem e modele.

Passe o bolinho no ovo e na farinha de rosca, no ovo novamente e na farinha de rosca outra vez, empanando duas vezes. Depois, frite em óleo quente em imersão e sirva com molho de pimenta vermelha.

23.

— Sinto muito, Jeferson — disse Catia, sentada de frente para o assistente de produção. — Não posso fazer mais nada por você.

— Firmeza, dona Catia. Quer dizer, Catia. Eu fui o maior vacilão, né?

— Não me resta alternativa a não ser concordar com você. Um membro da equipe nunca poderia ter se envolvido com uma participante do *Comidinhas do Brasil*. Eu não tenho nada a ver com sua vida afetiva, mas como explicar pro público que o envolvimento entre você e a Rayanne não afetou a classificação dela? Eu sei disso. Você sabe disso. Mas e o público? A torcida dos outros concorrentes?

— Tô ligado.

— Passa lá no RH. Já avisei o pessoal. Você vai receber todos os direitos.

— Valeu. Brigadão mesmo — disse Jeferson, levantando-se. — E, ó, desculpa qualquer coisa.

— Boa sorte aí na busca por outro estágio.

— Valeu. Na real, o que eu queria mesmo era acertar meus ponteiros com a Ray.

— Se é isso que você quer, vá atrás dela. Acredite.

As palavras de Catia encontraram guarida certa no coração de Jeferson, que se levantou repentinamente e trombou com Rodrigo, que naquele momento entrava na sala.

— Entra, Rô — disse Catia.

— Que chato tudo isso que aconteceu hoje — lamentou o diretor.

— Nem me fala — respondeu Catia. — Tudo que eu quero é chegar em casa, tomar uma ducha, colocar minha cabeça no travesseiro e acordar só amanhã.

— Como assim ir pra casa? Esqueceu que a gente tinha combinado de jantar hoje?

— Ai, Rô, esquece. Eu não tenho cabeça. A gente combinou antes, o cenário era outro, a gente ia comemorar a final do *Comidinhas do Brasil*. Agora eu nem sei se a gente tem algo pra comemorar.

— Como assim? A gente tem muita coisa pra comemorar ainda. Esqueceu que a coletiva do canal no YouTube é amanhã? Poxa, Catia! Vida nova! A internet é o futuro, você vai falar pra um público novo.

— Tá bom, tem razão. Mas me dá um tempo, preciso passar em casa...

— Nada disso — disse Rodrigo, tirando uma venda do bolso.

— O que é isso? — surpreendeu-se Catia.

— Confia! — Foi a resposta de Rodrigo, enquanto amarrava o tecido ao redor dos olhos de Catia.

— Rodrigo Riccó, que maluquice é essa?

— Vem comigo. No caminho, eu explico — concluiu, puxando a namorada pela mão.

***

— Já posso tirar? — perguntou Catia.

— Ainda não — respondeu o diretor enquanto abria a porta do carro e a pegava pela mão.

— Gente! Onde é que eu fui me meter? Rodrigo, pra onde você tá me levando?

— Catia, deixa de ser ansiosa! E tagarela também. Confia um pouco em mim.

— O quê? Você tá me chamando de tagarela? Eu vou tirar essa venda agora.

— Não! Calma, mulher! *Pazienza, pazienza*.

— O que é isso? A gente entrou num elevador?

— Entramos. Calma. Já estamos quase chegando.

O elevador parou no oitavo andar. Rodrigo puxou Catia pela mão, abriu uma porta à frente, continuou guiando-a e a colocou numa cadeira.

— Pronto. Pode tirar a venda.

Quando Catia tirou a faixa dos olhos, percebeu-se sentada a uma elegante mesa – único móvel do apartamento, afora a cadeira em que ela estava e mais uma –, onde estava servido um banquete suntuoso.

— O que é isso? — perguntou, surpresa.

— A quiche de alho-poró com salada que eu sei que você adora. Desculpa, não tive tempo de pensar em nada mais elaborado hoje.

— Eu não tô falando disso, seu maluco! Eu reconheci a quiche pelo cheiro, mas... onde é que a gente tá?

— Não tá reconhecendo? Levanta, dá uma explorada.

Catia levantou-se e caminhou até a varanda. Olhou a vista. Era a mesma imagem da cidade de São Paulo que tinha vislumbrado duas semanas antes, quando ela e Rodrigo visitaram aquele apartamento.

— Rô, o que é que tá acontecendo? Por que a gente tá aqui? Este apartamento não foi vendido?

— Foi. Pra gente.

— O que é que você tá querendo dizer? — perguntou Catia, boquiaberta.

— Eu vi como você ficou chateada por não ter conseguido comprar este apê. Então, deixei meu cartão com o corretor. Sei lá. Pensei "vai que alguma coisa dá errado, a venda não se concretiza e daí"...

— E daí?

— Daí que anteontem recebi uma ligação do corretor. O ex-futuro proprietário não concordava com uma cláusula e desistiu da compra. Este apartamento agora é nosso, Catia! Nosso! — celebrou Rodrigo, estourando um espumante. — A nós dois. A seu programa no YouTube. A nossa nova vida.

— A nossa nova vida — consentiu Catia, enquanto levava a taça à boca.

— Pera! — interrompeu Rodrigo. — Tem outra coisa ainda pra gente brindar — disse, tirando do bolso uma caixinha preta aveludada e entregando-a para Catia.

— O que é isso? — perguntou ela, ao abrir a caixinha e ver um reluzente par de alianças de ouro branco.

— Tem certeza de que você não sabe o que é? Posso? — perguntou Rodrigo, enquanto tirava uma das alianças da caixinha.

— Deve — respondeu, inebriada, enquanto estendia o dedo.

— Agora, sim — disse Rodrigo, levantando a taça depois de colocar a aliança no anelar direito de Catia. — A nossa nova vida. Ao canal no YouTube. Ao futuro luminoso que nos espera.

***

Quando abriu a janela do apartamento, Rodrigo viu a mesma São Paulo nublada, cinzenta e chuvosa dos dias anteriores. No entanto, como já acontecia fazia algum tempo, encontrava-se num estado de alegria, e poucas coisas desagradavam seu humor. Inverno, verão, dias frios ou calor senegalês, pouco importava. A vida corria solta e sem previsão.

Desceu até o estacionamento e entrou animado no carro. Em breve daria oficialmente início a uma nova etapa da sua vida profissional: o lançamento da TV Catia Fonseca no YouTube. No caminho para a coletiva, ligou o rádio, e a voz poderosa de Bono invadiu o veículo: *One love, one life, when it's one need in the night.*

Rodrigo aumentou o volume e se esgoelou ao volante. *One love we get to share, it leaves you, darling, if you don't care for it.* Estava tão tomado pela melodia que não percebeu quando um ciclista cruzou seu caminho feito um raio. Pisou bruscamente no freio, fazendo com que o carro derrapasse por uns bons trezentos metros. Três, quatro rodopiadas depois, o poste à frente, a batida estrondosa, o *air bag* que inflou, o sangue escorrendo da testa, Rodrigo desacordado. O guarda de trânsito passou o recado: "Atenção, 193! Sinistro com vítima na altura da ponte Eusébio Matoso, na marginal Pinheiros. Vítima permanece inconsciente".

Receitas

Quiche de alho-poró

Massa:
500 g de farinha de trigo
250 g de manteiga
1 gema

Recheio:
2 alhos-porós pequenos picados
1 colher (sopa) de manteiga
1 cebola
1 dente de alho picado
Pimenta-do-reino
Noz-moscada
Uma pitada de sal
250 g de presunto em cubos pequenos
250 g de queijo prato ou gruyère em cubos pequenos

Molho:
6 ovos
2 caixas de creme de leite
50 g de parmesão ralado
1 xícara (chá) de leite
Noz-moscada
Sal (provar depois de colocar o queijo)

Misture os ingredientes da massa e leve à geladeira por 30 minutos.

Enquanto isso, prepare o recheio e o molho. Para o recheio, refogue o alho-poró com manteiga, cebola e alho; tempere com pimenta-do-reino, noz-moscada e sal e espere esfriar. Para o molho, bata todos os ingredientes no liquidificador.

Forre a assadeira com a massa, faça furos com o garfo e leve ao forno a 200 °C por 15 minutos.

Coloque o alho-poró refogado e frio, o presunto, o queijo em cubos e o molho.

Leve para assar em forno preaquecido a 180°C até dourar.

24.

CHICO ESTAVA EM CASA, sentado à mesa do café, com a cara amassada, os cabelos desgrenhados e os pés em cima da cadeira enquanto sorvia, aos poucos, uma xícara de café fumegante. Seu olhar estava fixo num ponto qualquer dos azulejos. À frente, uma fatia esquecida do bolo conhecido como "toalha felpuda", uma das especialidades de Catia e um dos doces preferidos de Chico, mas que naquele momento não lhe apetecia – fazia alguns dias que ele quase não sentia fome.

Carla entrou apressada, procurando Catia. Tinham combinado de ir juntas para a entrevista coletiva.

— Chico, você viu minha irmã?

— Acabou de sair, tia.

— Não acredito! A gente combinou de ir juntas!

— Ela disse que você tava demorando, que não respondia às mensagens dela, e foi na frente.

— Putz! Esqueci de tirar o celular do silencioso! — disse Carla, enquanto checava as mensagens. — Bom, deixa eu ir, então.

Antes de partir, deteve-se ao observar a expressão no rosto de Chico. Ele parecia carregar toda a tristeza do mundo no olhar. Voltou-se, apoiou a bolsa sobre a mesa e se sentou diante dele.

— O que tá acontecendo?

— Nada, não.

— Como assim? Pra cima de *moi*? Eu te conheço desde que você era pequetito.

— Eu também te conheço e sei que você não vai arredar o pé daqui enquanto eu não te contar o que tá rolando, né?

— Não mesmo.

— É a B. Tany. Decidi não levar nosso lance pra frente. Terminei antes que tivesse que contar a verdade.

— Que verdade? Que você tem uma família linda, pais amorosos que sempre te deram tudo, que sempre tiveram presentes nos momentos mais difíceis? — questionou Carla.

— Ah, tia. Você sabe. Eu não queria que ela tivesse que abrir mão de nada pra viver uma relação comigo.

— E quem disse que ela teria que abrir mão de algo?

— Ela mesma. Não disse com essas palavras, mas me falou da família que a chantageou e se afastou quando ela namorava um cara que não tinha emprego.

— Chico, veja bem, pelo que você fala, a B. Tany me parece ser uma mulher especial. Você acha mesmo que ela se importaria de ficar com você por causa da sua família? E tem outra: toda e qualquer decisão implica uma escolha. E escolher é abdicar de coisas aqui e ganhar outras ali. E só cabe a ela mesma escolher o que é melhor pra ela. Pense nisso — disse Carla, antes de respirar fundo e conferir a hora no celular.

Ao ver o quanto estava atrasada, ela olhou para Chico pedindo desculpas por não poder continuar. Ele retribuiu com um olhar de quem entende, sem que nenhum dos dois falasse nada. Carla deu um beijo na testa do rapaz, pegou a bolsa e levou um susto ao dar de cara com Léo e João na porta da cozinha.

— Ai, gente! O que vocês estão fazendo aí parados?

— Vocês tavam aí havia muito tempo? — perguntou Chico.

— Acabamos de chegar — mentiu João, com um semblante triste, sentando-se à mesa com Léo. — Me passa a manteiga.

***

Rayanne pulou cedo da cama. Quase não tinha pregado o olho, passara boa parte da noite em claro, olhando para o teto. Por ironia do destino, a última vez que tinha perdido o sono fora justamente no dia em que ficara sabendo que era uma das pré-selecionadas para participar do *Comidinhas do Brasil*. Alguns meses depois, estava acordada havia horas e horas durante a madrugada, ouvindo os pingos de chuva que caíam do lado de fora por causa do resultado, nada recompensador, do programa.

Quando tocou o despertador, ela já estava de prontidão. Escovou os dentes, passou uma água na cara e ligou o rádio enquanto se aprontava para ir ao trabalho. Deixou numa música que dizia "mas é preciso viver, e viver não é brincadeira, não".

Checou o celular. Havia várias chamadas perdidas e mensagens não respondidas. Dona Jurema, dona Marly, sr. Félix, todos estavam preocupados. Não sabia como encará-los. Naquele momento, sentia-se envergonhada. Queria ter lhes dado uma boa notícia, a de que era uma vitoriosa, uma pessoa que fincaria seu nome no panteão dos grandes chefs brasileiros. Mas era só melancolia o que tinha para compartilhar.

E foi assim, desolada, que pegou a condução lotada rumo ao Casa do Norte. Não havia tempo para lamúrias. O restaurante não fecharia até que sua dor aplacasse. Pelo contrário, por causa de sua participação no *reality*, as mesas estavam cada vez mais disputadas, e os fregueses, cada vez mais impacientes, à espera da chance de provar seu tempero.

Chegou no horário de sempre. Era o tempo de se trocar, colocar o avental e começar o preparo dos pratos. Tudo sairia nos conformes, não fosse um detalhe que não passou despercebido: dormindo sentado na calçada, encostado numa cesta de lixo, estava Jeferson.

Rayanne ia passar direto, mas aquela imagem mexeu com seu coração. Parou e sacudiu o rapaz.

— Jeferson! Jefersooon! Acorda! O que está fazendo aqui?

— Ray! — respondeu, acordando num repente. — Ray, eu preciso conversar com você!

— Eu já disse que não tenho nada pra conversar com você. E tenho que trabalhar, então agradeceria se tu não ficasse no caminho.

— Ray, eu quero me desculpar... Eu sei que não devia ter te beijado, mas é que...

— Jeferson, tudo bem! Isso é assunto encerrado! O programa acabou, eu não venci. Agora é tocar a vida.

— Você tá com raiva de mim! Eu posso sentir pela voz.

— Você queria o quê? Tanto que te pedi. Não era o momento.

— E quando vai ser o momento, então?

—Acho que esse momento não vai chegar. Não depois do que rolou. Caça teu rumo que eu tenho muito que fazer por aqui.

Jeferson queria dizer a Rayanne que era capaz de qualquer coisa para que ela o perdoasse: implorar, se jogar aos pés dela. Mas sentiu pelo tom de voz da moça que a maré não estava para peixe. Achou melhor seguir os conselhos dela antes que aquela raiva contida se transformasse num abalo sentimental sem precedentes. Iria para casa tomar banho, dormir. De cabeça fria, pensaria numa maneira de amansar a fera.

Receitas

Bolo "toalha felpuda"

Massa:
2 xícaras (chá) de açúcar
4 ovos (claras e gemas separadas)
100 g de manteiga
½ xícara (chá) de leite
1 vidro (200 ml) de leite de coco
2 xícaras (chá) de farinha de trigo
1 colher (sopa) de fermento em pó

Cobertura:
½ xícara (chá) de leite
1 lata de leite condensado
200 g de coco ralado grosso
3 ou 4 colheres (sopa) de água de coco (para umedecer o coco ralado se usar o seco)

No recipiente da batedeira, coloque o açúcar peneirado, as gemas e a manteiga. Misture e bata bem. Desligue e junte o leite e o leite de coco. Bata novamente. Desligue e acrescente a farinha peneirada. Torne a bater. Desligue e agregue as claras em neve. Por fim, adicione o fermento e mexa com delicadeza.

Coloque em uma assadeira retangular número 3, untada e polvilhada. Leve ao forno preaquecido entre 180 e 200 ºC por 40 a 50 minutos. Retire do forno e deixe esfriar. Faça furos sobre o bolo com auxílio de um garfo.

Em outro recipiente, misture o leite e o leite condensado, depois regue o bolo com essa cobertura. Polvilhe com o coco ralado fresco. Se tiver coco ralado seco, hidrate-o com a água de coco.

25.

Assim que entrou no teatro do hotel Meliá, Catia sentiu a claridade dos flashes em sua direção. Ela era um misto de euforia e tensão. Sentia o mesmo frio na barriga de quando fez sua primeira matéria na inauguração do shopping. Pensou no quanto era privilegiada por ainda ser abalada por aquela sensação de indefinição, uma leve insegurança causada pelo que estava por vir. Era um sinal de que não tinha se acomodado nem parado no tempo. Pelo contrário, estava sempre em movimento. Lembrou-se de uma frase dita certa vez por uma amiga: "O mundo premia quem se movimenta".

Catia tinha guardado essa máxima consigo. Era como se a pulsão de mudança e a gana de agarrar o futuro estivessem inscritas em seu DNA. Tinha quarenta e cinco anos, e o mundo ainda era um imenso quintal a ser explorado. A paixão recém-descoberta por Rodrigo, um novo lar, o lançamento do canal no YouTube, tudo isso trazia marcas de uma inquietação que lhe fazia um imenso bem. A vida, esse inusitado pisca-pisca, era também como uma estação de rádio em que você nunca sabe qual é a próxima música que vai tocar.

Para dar o clima de como seria o canal, bastante informal e caseiro, Catia bolou um cardápio bem pessoal para servir aos jornalistas antes da entrevista coletiva, com algumas de suas receitas preferidas, como a torta cremosa.

— Tudo certo? — perguntou Carla, percebendo o nervosismo da irmã.

— Eu que pergunto: tudo certo? — respondeu Catia. — Cadê o Rodrigo, que até agora não apareceu?

— Ué, sei lá. Achei que vocês tavam juntos.

— Não. A gente jantou juntos ontem, mas ele me deixou em casa e, depois disso, não nos falamos mais. Eu já liguei quinhentas vezes pra ele, mas ele não atende.

— *Oh, my Gosh!* — assustou-se Carla. — O que é isso?

— Isso o quê, sua maluca?

— Isso. Essa aliança bafo no seu anelar direito! Isso não tava aí ontem!

— Não, não tava — comentou Catia, sorridente. — O Rô me pediu em casamento. Nós vamos morar juntos.

— Quando foi isso? Eu não acredito que ele te pediu em casamento ontem à noite e você só tá me falando isso agora! Você já foi uma pessoa melhor, maninha.

— Carla, discrição, *please*. Foco. A gente tá aqui pra falar da TV Catia Fonseca. Não quero que a imprensa desvirtue o assunto. E o Rô que não chega? Se ele não aparecer em cinco minutos, eu vou esganá-lo!

Catia olhou mais uma vez para a porta do teatro para ver se Rodrigo tinha chegado. Deu de cara com Nery, que entrava pálido, como se tivesse visto uma assombração.

— Nery, que cara é essa? Você sabe do Rô?

O amigo não pareceu ouvir. Catia olhou bem nos olhos dele.

— O que foi, Nery? Que cara é essa? Fala, pelo amor de Deus!

Os jornalistas presentes já voltavam sua atenção para a cena, farejando notícia ali.

— Catia — disse Nery, pausadamente —, eu tenho uma péssima notícia.

— O que foi? Aconteceu alguma coisa?

— Ele sofreu um acidente.

— Como assim, acidente? Ele tá bem? Ele tá vivo?

— Calma, ele tá vivo! E não sei se ele tá bem. Ninguém sabe, na real. É o procedimento. A equipe de atendimento não dá notícias por telefone. Ia te avisar quando tivesse alguma informação mais concreta, mas...

— Onde é que ele tá? — interrompeu Catia.

— No Hospital das Clínicas.

A apresentadora puxou a bolsa, que estava ao lado da mesa de onde daria a entrevista, e bateu em retirada. Perto da porta, um repórter a interpelou:

— Catia, o que tá acontecendo?

— Eu não sei. Dou notícias pra vocês mais tarde.

— E o lançamento do canal? — perguntou outro jornalista.

— Tá cancelado. Me desculpem. Ainda não tenho previsão de uma nova data. Carla, dá uma atenção aqui pra eles, por favor, eu tenho que voar.

Saiu completamente atordoada, seguida por Nery.

***

Quando abriu a janela do quarto, B. Tany vislumbrou um lindo pé de azaleias de um rosa tão intenso que mais parecia uma tela expressionista de Emil Nolde. Mas não era uma obra de arte, e sim a vida descortinando-se em todas as suas vibrantes cores. Causou-lhe estranheza pensar que aquela árvore já devia ter florescido havia alguns dias, mas só no auge de sua exuberância havia lhe chamado a atenção. Porque o belo na miudeza das coisas quase nunca é perceptível.

Olhou-se no espelho uma última vez antes de sair de casa, deu uma mexida no cabelo – uma bagunçada na franja, que estava certinha demais – e partiu. No trajeto para o consultório, pôs-se a pensar nas coisas miúdas que alegravam seu dia. Cinema, gatos, contos de Dickens, crochê, sair mais cedo, vermelho, revistas antigas da Turma da Mônica, bolo prestígio.

O último item da lista de miudezas levou-a a pensar em Chico e a incluir a lembrança do sorriso dele em suas alegrias cotidianas. Fazia uns quatro meses que não se viam e, desde a última vez em que tinham se falado por telefone, B. Tany decidira tocar sua vida. *Onde não houver reciprocidade, não se demore.* Mas fazer o quê, se vez ou outra ele e seu sorriso lhe invadiam os pensamentos?

Chegou à clínica. Na sala de espera, estavam dois pacientes que ela ainda não conhecia – começariam as sessões naquele dia. Só de olhar o casal pela porta de vidro, eles no sofá, ela ainda no hall, B. Tany podia dizer que conhecia aquele tipo. Os dois estavam na meia-idade, sonhos realizados, vida estabelecida, um vazio que se instaurava. Terapia de casal era sempre uma boa ideia para reacender a relação. Entrou. Cumprimentou-os. Pediu uns minutos, encostou a porta do consultório, se preparou e voltou para chamá-los.

— João e Léo, podem entrar.

O casal entrou, um pouco desconfortável com a situação, como todos os casais que chegavam ali, e ela apontou o sofá para eles se sentarem.

— Pois não? O que os traz aqui?

Diante da pergunta tão direta, João e Léo ficaram sem resposta.

— Bem — insistiu a terapeuta —, eu sei que é difícil começar a falar, mas sempre digo uma coisa pros pacientes: comecem pelo começo.

— O começo foi lá atrás, em 1996 — respondeu João.

— Foi quando vocês se conheceram ou começaram a namorar? — quis saber B. Tany.

— Não. Em 1996 a gente já tinha... quantos anos de namoro mesmo, Léo?

— Doze. Doze anos de namoro. Não era fácil naquela época um homem ser casado com outro homem — continuou Léo. — Mas a gente tava acostumado. As coisas nunca foram muito fáceis mesmo. Aliás, continuam não sendo. Mas em 1996 a gente decidiu tornar as coisas um pouco mais difíceis. A gente decidiu que queria ter um filho.

— Maluquice, né? — interveio João. — Se já era difícil pra gente, pra que meter mais alguém nessa história? Era a pergunta que a gente se fazia.

B. Tany assentiu com a cabeça, apenas esperando eles continuarem.

— Mas a resposta veio fácil: porque sim, porque amor nunca é demais — continuou João. — Então, falamos com uma amiga, que topou entrar nessa empreitada com a gente. É... porque a primeira adoção oficial por um casal gay no Brasil só foi feita uns dez anos depois. Então, pra sociedade, Chico, esse é o nome dele, era filho do Léo e da Carla, nossa amiga. E assim foi a vida inteira. Na escola, ele tinha Dia das Mães e Dias dos Pais. Tudo bem, porque a Carla sempre foi mesmo uma mãezona pra ele. Mas uma coisa que a gente sempre se perguntou: qual é o problema de ter dois pais, não é mesmo doutora B. Tany?

— Nenhum, o conceito de família é muito amplo e não envolve apenas questões genéticas.

— A gente também acha isso — continuou Léo. — Chico também acha isso. Mas acontece que ele sempre sofreu preconceito, e acho que, por conta disso e por medo de sofrer rejeição, ele se tornou cada vez mais retraído. Foi assim com a última moça por quem ele se apaixonou. Rompeu a relação antes que ela descobrisse que ele não tinha uma família convencional. A gente até achou que ele ia se curar dessa ferida, mas lá se vão uns bons meses que ele tá numa dor de cotovelo das brabas. E é por isso que a gente tá aqui.

— Pra lidar com o medo do filho de vocês? Vocês não acham que essa decisão precisava partir dele? Que ele deveria procurar ajuda terapêutica?

— Achamos — respondeu João. — Mas, pra isso, a gente precisava dar um empurrãozinho.

— Empurrãozinho? Desculpa, João... é João, né? Vocês podem ser mais específicos?

— Esse é o Chico — disse João, mostrando uma foto em que o filho, entre ele e Léo, soprava velinhas numa festa de aniversário.

— Não estou entendendo — disse B. Tany, depois de um tempo calada.

— Está, sim — afirmou Léo. — Você sabe muito bem quem é o rapaz da foto. Eu sei que essa não é a melhor maneira de resolver essa questão, mas a gente não veio até aqui procurando o caminho certo. Pra muita gente, nós nunca estivemos no caminho certo.

— Vocês estão querendo dizer... — interrompeu B. Tany, boquiaberta.

— Que esse menino da foto deveria ter puxado um pouco mais os pais — disse João. — Devia ter sido mais corajoso e aberto o jogo com você, mas, em vez disso...

B. Tany não esperou que João concluísse seu raciocínio. Levantou-se e saiu porta afora. João e Léo se olharam, cúmplices.

— Ah, os jovens... — divagou Léo.

Receitas

Torta cremosa

Massa:
3 ovos
100 g de margarina
1 caixa de creme de leite
3 xícaras (chá) de farinha de trigo
1 colher (sopa) de fermento em pó
1 colher (café) de sal
Leite

Recheio:
300 g de peito de peru
2 tomates sem pele e sem semente
300 g de muçarela
200 g de queijo prato
½ xícara (chá) de cogumelo-de-paris fatiado
Manjericão fresco picado a gosto
Orégano a gosto

Misture e reserve os ingredientes do recheio.
Misture os ovos com a margarina em temperatura ambiente, então acrescente o creme de leite e, aos poucos, junte a farinha de trigo misturada com o fermento e o sal. Sove bem. Coloque metade da massa na assadeira, disponha o recheio, depois a outra metade da massa; em seguida, leve ao forno preaquecido a 180 ºC até dourar.

26.

Catia entrou num táxi na avenida Paulista. O trânsito fluía devagar. Ansiosa e preocupada, pensou em abrir a porta do carro e sair correndo até o Hospital das Clínicas. Foi detida por Nery.

— Calma! Vai dar tudo certo — ele tentou tranquilizá-la.

— Por que eles não falaram como ele está, Nery? Deve ter acontecido algo grave!

— Catia, esse é o procedimento normal. Rodrigo já recebeu os primeiros socorros. Eles nunca informam o estado do paciente pelo telefone!

Catia ficou quieta. O turbilhão de pensamentos tortuosos que passou por sua cabeça transformou aqueles vinte e três minutos do trajeto até a recepção do hospital em uma eternidade.

— Vim ver um paciente que se acidentou. Rodrigo Riccó.

— Entra naquela fila e pega uma senha — respondeu a atendente.

Catia mal pôde acreditar no que seus ouvidos acabavam de ouvir, mas lembrou o mantra: *Pazienza, pazienza*. Até nesses momentos ele era necessário. Respira. Conta até dez, até cem, até mil.

Os dois chegaram ao guichê.

— Só pode entrar uma pessoa — orientou a atendente.

— Vai você — disse Nery. — E volta logo com notícias.

Catia colocou um adesivo na roupa, passou pela catraca e saiu correndo pelos corredores labirínticos. O local exigia silêncio, mas sua vontade era gritar como no dia em que se perdera na mata, no dia em que ela e Rodrigo trocaram o primeiro beijo; gritar o nome dele e ouvir ele gritar de volta o nome dela, até que se encontrassem num lugar a salvo de todas as mazelas do mundo, onde o desalento e a solidão não existissem, um lugar onde teriam o aconchego do abraço apertado um do outro.

Catia chegou ao corredor do prédio de traumatologia. Viu Rodrigo deitado numa maca, a cabeça enfaixada, a perna imobilizada. Disparou na direção dele e o abraçou, deitando a cabeça em seu peito.

— Graças a Deus! Você tá acordado! Tá tudo bem?

— Parece que sim — respondeu Rodrigo. — Calma, Catia.

— Calma?! Como é que você me pede calma numa hora dessas? — respondeu ela, levantando-se. — O que foi que você aprontou, senhor Rodrigo? Aposto que tava ouvindo rádio na maior altura! Você que não me ouse morrer antes dos cento e quarenta anos, tá me ouvindo?

— Catia, isso não é hora pra bronca, vai!

— E quem vai me dizer o que é hora pra alguma coisa? Você? Faça-me o favor! Rodrigo, se você tivesse morrido, eu ia fazer você nascer de novo só pra te matar! Agora me fala, por que é que você ainda tá nesse corredor? Por que ainda não foi atendido? Por que não foi levado prum hospital particular? Isso não é hora...

— Catia, Catia, calma. Eu já tive um primeiro atendimento. Esse é o procedimento. Quando alguém sofre acidente na rua, é trazido primeiro para um hospital público pra depois ser transferido.

— E o que é que você tem? Por que tá com a cabeça enfaixada?

— Eu bati a cabeça no volante.

— Quando é que você vai ser atendido, meu Deus? E sua perna? O que aconteceu com sua perna?

***

— Cuidado! — advertiu Chico a um dos homens que carregava uma tela para fora do ateliê.

Estava tão entretido com a movimentação, e preocupado com o estado de suas obras, que não percebeu B. Tany se aproximar. Ela acompanhou com os olhos os quadros que os homens levavam, até encontrar aquele que procurava.

— Esse aqui não. Deixa ele aqui — disse B. Tany a um carregador que segurava o quadro *Moça com o dente sujo de bolo*. O homem, confuso, parou.

Chico se voltou na direção dela, num susto.

— B. Tany?

— Muito ansioso com a vernissagem? — perguntou ela.

— Er... seu Arlindo... — disse Chico ao carregador. — Vamos dar aquela pausa pro café. Eu chamo o senhor em dez minutinhos.

Assim que o carregador saiu, Chico dirigiu-se a B. Tany:

— Tá acontecendo alguma coisa?

— Por quê, Chico? Por quê?

— Por que o quê, B. Tany? Do que é que você tá falando?

— Disso — respondeu B. Tany, apontando para a própria imagem retratada no quadro. — O que é que você vê quando olha pra essa imagem?

— Uma mulher linda.

— Nua — continuou B. Tany. — Uma mulher despida. Eu me desnudei pra você. Eu quis me livrar de todas as máscaras, de todas as amarras sociais.

O rapaz ficou sem fala, incapaz de entender aonde ela queria chegar.

— Eu esperava que você tivesse feito o mesmo pra mim — B. Tany silenciou mais uma vez, mas, como ele não captou a deixa, ela continuou: — Por que você nunca me falou que é filho de dois homens? Você acha mesmo que eu ia encucar com isso?

— Como é que você...

— Não importa. A gente fala sobre isso depois. Você realmente acha que eu não te aceitaria por causa dos seus pais? Depois de tudo o que a gente conversou?

— Você não, B. Tany, mas você tinha me falado da sua família...

— E você lembra o que você me falou? Pois eu lembro. Que, se realmente gostasse do meu ex, eu teria insistido mais, que não é fácil encontrar alguém que te complemente de verdade. Vai ver foi por isso que eu deixei ele ir. Porque não me complementava. Era mais fácil dizer que minha família era contra do que admitir que eu já não gostava dele. Mas agora achei alguém que me complementa. Alguém que me faz rir, que gosta dos mesmos filmes que eu, que torna meu dia mais leve, que é sensível, que é aberto. Eu achei você. E acho que você precisava saber — concluiu B. Tany, com os olhos marejados.

Aquelas lágrimas não tinham sido planejadas e, pega de surpresa, ela interrompeu o que estava falando. Deu as costas para Chico e se encaminhou para a porta.

— Ei! Espera! — disse ele.

B. Tany não parou; Chico foi até ela e a segurou pelo braço. A terapeuta interrompeu o passo e se deixou abraçar. O rapaz beijou de leve sua nuca, sentiu o cheiro de seu cabelo. Os rostos dos dois se encostaram até as bocas se encontrarem.

— Não vá embora — pediu Chico, baixinho, com a boca encostada na boca dela. — Fica mais um pouco. Nada é mais urgente que ficar com você hoje.

— Só hoje?

— Eu quis dizer: nada é mais urgente que ficar com você a partir de hoje.

B. Tany sorriu e recebeu de volta o sorriso de Chico. Sentiu que a partir daquele dia não seria mais só a lembrança daquele sorriso que faria parte da sua lista de alegrias miúdas cotidianas.

**

— Vai ficar tudo bem? — perguntou Rodrigo, temeroso.

— Vai, sim — respondeu o médico.

— Mas e a cirurgia? Quando vai ser? — Agora era Catia quem perguntava. Ela já tinha despejado tantas perguntas sobre o médico que começava a se repetir.

— Logo. Agora ele precisa ficar em jejum. Daqui a quarenta e oito horas, no máximo, ele entra na sala de cirurgia.

— É uma cirurgia simples? — Catia quis saber.

— Olha... sim, é simples. Mas toda cirurgia ortopédica é agressiva, já que é preciso serrar o osso.

O médico se voltou para Rodrigo.

— Você tomará uma anestesia raquidiana. Foi uma fratura na tíbia. Precisaremos fazer um enxerto.

— Quanto tempo até eu voltar a ter uma vida normal?

— Três meses, no mínimo, depois da cirurgia. Três meses de fisioterapia até voltar a andar e ter uma vida normal.

***

No dia em que deixara o Oiapoque rumo a São Paulo, Rayanne permanecera o tempo todo calada. Como de costume, tinha acordado cedo e preparado o café da manhã: uma mesa farta de tapioquinha, geleia de cupuaçu, chá de catuaba e frutas da estação. Ela e dona Jurema dividiram a mesa em silêncio. Mãe e filha sempre falavam pelos cotovelos na primeira refeição do dia, mas naquele momento havia um sentimento diferente que permeava o elo entre as duas.

Mãe zelosa e superprotetora, Jurema se mostrara dona de uma resiliência surpreendente, já que, mais do que ninguém, ela conhecia a filha que tinha e o fogo que soltava pelas ventas quando era contrariada. Rayanne partiria independentemente de seu consentimento. Mas, mesmo achando que seria melhor se as coisas seguissem num estado de calmaria, não conseguiu esconder a tristeza quando recebeu o último aceno da filha da janela do ônibus.

Rayanne, por outro lado, sentiu uma alegria obstinada quando se aventurou pelo mundo atrás de seus sonhos. Tinha fé de que era questão de tempo até as coisas se ajeitarem. Na maior parte das vezes, acreditava que venceria o concurso, passaria um ano na França, voltaria como renomada *chef de cuisine*, abriria seu restaurante e voltaria a conviver com a mãe.

Por todos esses planos, que chegaram até mais perto de se concretizar do que ela no fundo acreditava, o baque sofrido quando o primeiro lugar do concurso lhe escapou das mãos foi imenso.

Não atendeu ao telefone durante alguns dias, não quis falar com ninguém. Ia de casa para o trabalho, do trabalho para casa. E, quando se deu conta, tinha sido engolida pela rotina do restaurante e pelo ritmo alucinante da cidade grande. O número de fregueses da Casa do Norte quase triplicou. É verdade que muitos tinham sido movidos pelo status de comer num local que tinha no quadro de cozinheiros uma chef celebridade. Mas, aos poucos, os curiosos deram lugar àqueles que realmente se encantaram com o tempero de Rayanne. O boca a boca foi tão eficiente que o sr. Félix se viu obrigado a mudar a rotina do estabelecimento, abrindo mais cedo, fechando mais tarde, colocando mesas na calçada.

A sobrecarga de trabalho que, para qualquer mortal, seria penosa, para Rayanne não poderia ter caído em melhor hora. Consumida pelo compromisso, se esquecia um pouco da saudade de sua terra e de dona Jurema. Além disso, fez com que voltasse a criar expectativas para o futuro. Vinha juntando uma boa grana com as gorjetas e planejava abrir até o final do ano seguinte um negócio próprio. A princípio, pensou numa barraquinha de comidas típicas no Brás. Mas quem sabe, mais para a frente, teria seu próprio restaurante.

Estava envolta nesses pensamentos quando tocou a campainha do sobrado da Vila Romana. Dona Marly atendeu.

— Vim trazer o caderno de receitas da senhora.

— Entra, minha filha.

O encontro entre as duas já estava agendado havia uma semana. Desde o final do concurso, quando começaram a perder o contato, dona Marly passou a cobrar de Rayanne um tempo para um cafezinho da tarde. Rayanne respondia que sim, que qualquer hora daria um pulo no sobrado e coisa e tal. Realmente tinha sido consumida pela rotina do trabalho, então só naquela tarde de outubro cumpriu a promessa de visitar a mãe de Catia.

Já estavam conversando fazia umas boas horas quando dona Marly resolveu tocar no assunto tabu:

— E o Jeferson? Você nunca mais viu?

— Não. Nem quero ver.

— Mas por quê? Vocês formam um casal tão bonito!

— Casal? Te adoidasse, dona Marly? Eu e Jeferson nunca fomos um casal!

— Porque você não quis, Rayanne. O Jeferson é um rapaz de ouro.

— É, mas isso não impediu que ele destruísse meus sonhos.

— Minha querida, ninguém destrói os sonhos de ninguém. Teu sonho ainda tá aí dentro de você. Seu amor, sua generosidade, sua doçura. Tudo isso reflete na comida que você faz. Você pode não ter ido pro estrangeiro, mas isso não matou sua vocação. Muito pelo contrário, ouvi dizer que o Casa do Norte tá indo de vento em popa, tô mentindo?

— Não, a senhora tá certa.

— Então, com o perdão da palavra, deixa de ser turrona e dê uma chance ao rapaz.

— Vou pensar.

— Ótimo! — disse dona Marly, dando um assobio.

Jeferson entrou com uma muda de buganvília numa mão e um bolo de chocolate na outra.

— Oi, Ray — disse o rapaz, tímido.

— Bem não! — surpreendeu-se Rayanne. — O que é que tá acontecendo aqui? Eu disse que ia pensar, dona Marly!

— Pois então pense enquanto conversa, que essa cidade não para, minha filha — respondeu dona Marly, levantando-se e saindo da cozinha.

— Certo. *Raite nau* — foi a resposta de Rayanne.

— Ó, trouxe pra você — disse Jeferson, entregando-lhe a planta e o bolo. — Buganvília, nome chique, né? Eu mesmo plantei. O bolo eu comprei na padoca lá da minha quebrada, porque não sou muito bom com essas coisas de cozinha.

— Tá com uma cara boa, pelo menos. Senta. Come um pedaço — disse Rayanne.

Pegou a faca de manteiga, limpou no guardanapo, cortou uma fatia do bolo e colocou num pratinho à frente da cadeira onde estava dona Marly. Jeferson se sentou.

— Quanto tempo, né? Acho que a última vez que a gente se viu foi...

— Um dia depois da final do *Comidinhas do Brasil*, quando você chegou pra trabalhar e me encontrou dormindo na calçada. Mó King Kong.

— É mesmo. Não lembrava.

— Pois eu lembro. Lembro a última vez que te vi. E todas as outras vezes também. De você assustada como um bichinho quando foi assaltada. De sua alegria a cada etapa do *Comidinhas do Brasil* que você passava. Do seu riso.

— Jeferson...

— Ray, deixa eu falar. Eu achei que seria mais fácil. Achei que ficar todo esse tempo sem te ver, ia me fazer, sei lá... tocar minha vida. Mas, mano! Não teve um dia que não pensei em você.

Jeferson não tinha tocado no bolo, e Rayanne não chegou nem a cortar um pedaço para si. Ela evitou o olhar dele.

— Você tá solteira?

— Tô.

— Isso é o cara lá de cima ouvindo minhas preces.

Rayanne deixou escapar um sorriso, mas só por alguns segundos.

— Bora marcar algo qualquer dia? — ele arriscou.

— Passa lá no restaurante qualquer hora.

— Jura que você tá dando ideia?

— Como assim dando ideia? Só falei pra você passar lá no restaurante pra gente, sei lá, conversar e...

— Tá bom, tá bom. Não vou falar mais nada. Quando?

— Quando o quê?

— Quando eu posso passar?

— Ai, meu Deus — disse Rayanne, olhando para o relógio. — Você tá com sua moto aí?

— Tô. Por quê?

— Porque nem percebi que o tempo voou. Tenho que chegar em vinte minutos lá. *Raite nau*. Dona Marly! — gritou Rayanne para a sala, onde imaginava que estava a mãe de Catia. — Obrigada pelo bolo, pelo café, tava tudo uma delícia. Mas eu tenho que ir.

Jeferson e Rayanne saíram às pressas do sobrado e montaram na moto, que ziguezagueou pelo trânsito de São Paulo. Por mais que estivesse apressada, Rayanne admitiu para si mesma que era bom estar naquela garupa com as mãos entrelaçadas na cintura de Jeferson. Chegaram ao restaurante. Ela desceu atordoada e foi entrando no Casa do Norte sem se despedir.

— Rayanne! — gritou Jeferson da moto.

Ela virou-se para trás.

— O capacete, sua maluca!

Rayanne tirou o capacete e voltou para entregá-lo a Jeferson, que havia tirado o dele. Ele, então, a puxou e lhe tascou um beijo.

— Você e essa sua mania — repreendeu a garota. — Hoje às onze e meia.

— O quê? — perguntou Jeferson.

— É o horário que eu saio. Agora some que tô atrasada — disse, por fim, e entrou no restaurante.

Jeferson sentiu que sua sorte começava a mudar. Sabia que havia perdido o prumo no dia que conheceu a mina do Norte e, de algum modo, desde o primeiro momento soube que ela seria seu norte. Parece que, enfim, Rayanne começava a compreender isso.

Receitas

Bolo de chocolate

Massa:

2 ovos (claras e gemas separadas)
100 g de margarina
1½ xícara (chá) de açúcar
6 colheres (sopa) de farinha de trigo
1 xícara (chá) de leite
1 colher (sopa) de fermento em pó

Calda:

2 xícaras (chá) de água
1 xícara (chá) de açúcar
6 colheres (sopa) de chocolate em pó

Para a massa, bata as gemas, a margarina e o açúcar, então junte a farinha de trigo e o leite, alternadamente. Em seguida, acrescente o fermento e as claras, que devem ter sido previamente batidas em neve. Coloque em uma forma untada e reserve. Para preparar a calda, coloque todos os ingredientes em uma panela e leve para ferver. Despeje sobre o bolo cru e leve ao forno em temperatura média por uns 30 minutos (ou até dourar). Desenforme morno e pronto. Uma opção é servir com sorvete de creme.

27.

No mínimo, três meses. Quando Catia e Rodrigo ouviram o diagnóstico do médico, entreolharam-se, aflitos. Três meses era um tempo que desorganizaria a agenda profissional dos dois. A data para o lançamento da TV Catia Fonseca já estava marcada. Tinham acertado todos os detalhes, da coletiva – que tinha sido inesperadamente interrompida – à primeira transmissão ao vivo na internet.

— Vai tocando sem mim — sugeriu Rodrigo. — Enquanto eu estiver aqui no hospital, você grava com outro diretor. Nery pode assumir meu lugar. E logo que eu tiver alta...

— Nem pensar! Eu adoro o Nery e não tenho dúvidas de que ele daria conta do recado, mas esse é um projeto meu e seu! Eu espero o tempo que for pra gente tocar isso juntos!

Rodrigo lembrou Catia de que as coisas não eram tão simples – havia um cronograma, e, com sua visão de diretor, ele sabia da importância de seguir planejamentos. Comentou que poderia acompanhar o começo de casa, ajudando com as redes sociais – Facebook, Snapchat, Twitter, Instagram.

— São só os primeiros programas que eu não vou dirigir — continuou.

Catia consentiu. Deu um beijo em Rodrigo e se despediu. Resolveu passar no apartamento em que eles morariam. Ao abrir a porta do futuro lar, deparou-se com um imenso espaço vazio e pensou em como, mais uma vez, a vida estava sendo irônica. "Quebre a perna!", é o que dizem os ingleses no teatro como desejo de boa sorte.

"Vai dar tudo certo", refletiu. Vai ser um procedimento simples, havia dito o médico. Três meses nem era tanto tempo assim. Mas era bizarro pensar quão imprevisível era a vida. Quem imaginaria que ela acabaria naquele fim de tarde sozinha, contemplando a vista nebulosa da varanda de sua futura casa?

Foi então que se lembrou da mãe, das peças que a vida havia pregado em dona Marly e de como, em raríssimas ocasiões, a tinha visto chorar. *Não importa o tamanho do problema, se grande ou pequeno, você vai ter que enfrentá-lo do mesmo jeito. Então foca e faz*, a mãe costumava dizer. Pensando dessa maneira, Catia chegou à conclusão de que não havia muito tempo a perder e voltou ao hospital.

* * *

— Você tá maluca, Catia? — perguntou Rodrigo, enquanto folheava o catálogo de móveis que ela colocara em suas mãos.

— Não. Eu nunca estive tão sã em toda a vida.

— Pra que fazer tudo assim às pressas?

— E pra que sair daqui e ir para o seu apartamento, ficar sozinho lá, se você já pode ir direto pra casa nova?

— Mas Catia...

— "Mas Catia" nada. Dá uma olhada nesse sofá. Gosta? Eu acho creme um pouco sem vida, gosto mais desse aqui. O que você acha?

— Catia, eu acho...

— Que o melhor pra você é ir direto pra nossa casa, assim que sair daqui. Rô, eu já acertei toda a papelada. E tem outra coisa também: já passou da hora de eu sair da casa dos rapazes, né? Não vejo a hora de ter o meu... o nosso canto. Ah, já falei com o dr. Juliano, que indicou uma fisioterapeuta. Vou montar um quarto pra você se exercitar na nossa casa.

* * *

Naquela manhã de outubro, Catia acordou com os galos. Rodrigo ainda estava dormindo quando ela vestiu um moletom e saiu para correr no Ibirapuera. Tinha retomado o antigo hábito logo que ele se acidentou. Correr, assim como cozinhar, era uma ótima prática para divagar sobre a vida e pôr as ideias em ordem.

Abriu o aplicativo de música, colocou no aleatório e ouviu Christina Perri cantar *I never thought that you would be the one to hold my heart, but you came around and you knocked me off the ground from the start*. Pensou nas mudanças pelas quais havia passado no último ano desde seu retorno da Itália. Lembrou-se da *ragazza* inebriada pela serenata romântica e o quanto queria estar no lugar dela naquele momento.

Faltam dois quilômetros, avisou o aplicativo de corrida. Catia ajustou o capuz do moletom para se proteger do frio atípico da primavera. Não queria estar mais no lugar de ninguém, a não ser no dela mesma. Era ela a criança que se imbuíra de uma responsabilidade precoce para ajudar a mãe com os salgadinhos, a adolescente que dividira a rotina entre trabalho e estudos para colaborar nas despesas de casa, a repórter insegura que não sabia para que ângulo da câmera olhar, a profissional inexperiente que lia receitas ao fundo do cenário, a apresentadora desenvolta que tinha conquistado um séquito de admiradores, a mulher impetuosa que não aceitava insulto machista, a esposa desencantada querendo dar início a uma nova vida, a namorada apaixonada que trocava mensagens bobas de WhatsApp, a companheira leal que segurava a onda nos momentos mais difíceis, a mãe que sentia saudade dos filhos, a irmã presente, a amiga de todas as horas, a mulher que estava sempre prestes a recomeçar.

Faltam cem metros, avisou novamente o aplicativo, ao mesmo tempo que o celular tocou. Era Rodrigo.

Catia atendeu a chamada sem parar de correr.

— Oi, Rô.

— Catia, por que você não me acordou?

— Desculpa, Rô, mas tava tão frio quando eu acordei e você tava dormindo tão bem...

— Catia, e o que a gente tinha combinado? Que você me acordaria pra eu não perder o horário. Tá lembrada que hoje é meu primeiro dia te dirigindo pro YouTube?

— Claro que tô, mas...

— Mas nada. Para de correr agora e amarra esse cadarço antes que você tropece.

Catia se deteve de repente e olhou para os pés – um dos tênis estava desamarrado. Deu um giro de cento e oitenta graus e viu Rodrigo embaixo de um toldo. Era a primeira vez desde o acidente que o via de pé sem a ajuda de muletas ou outro aparelho ortopédico.

— Rô! — gritou, correndo em direção ao marido, quase o derrubando.

— Calma, sua maluca! Você quer que eu volte pro HC?

— O que é que você tá fazendo aqui? Que toldo é esse? E esse fogão? E essas câmeras?

— Não te disse que hoje ia te dirigir pro canal? Acho que você não leu o e-mail que mandei, né?

— E-mail? Que e-mail? Quando você enviou?

— Há uns dez minutos. Você ainda não leu? Catia Fonseca, você já foi melhor.

— Rodrigo Riccó, deixa de graça.

— Bem, se você não leu, ainda não sabe quem é a convidada de hoje, que veio participar do quadro de culinária.

Ao ouvir a deixa, dona Marly entrou no cenário improvisado por Rodrigo.

— Mamãe? O que a senhora tá fazendo aqui?

— Catia — disse Rodrigo —, olha pra câmera. Nós estamos ao vivo. Milhares de seguidores já estão te vendo.

— Seu maluco! Eu tô toda suada, sem maquiagem...

— Relaxa. Você tá linda — elogiou Rodrigo.

— Oieeee — continuou Catia, olhando para a câmera. — Eu tô aqui no parque do Ibirapuera, com essa moça linda, que vocês ainda não conhecem, mas que eu tenho o prazer de apresentar agora: dona Marly, minha mãe. Mamãe, conta pra gente o que a senhora tá fazendo aqui, pois nem eu sei. Não tô brincando não, viu, gente? Eu não sei mesmo.

— Bem... Eu vim... — disse Dona Marly. — Vim fazer um prato que você adora. Toda vez que eu fazia esse prato lá em casa, era uma briga danada entre você e seus irmãos pra saber quem ia raspar a panela.

— Você tá falando sério? Você vai fazer o mexidão? Olha, gente, não é porque é minha mãe, não, mas eu duvido que exista mexidão melhor que esse no mundo, viu? Tá acompanhando? Então anota aí, porque essa receita você não pode perder. Depois a gente coloca também a receita aqui embaixo do vídeo, o quanto vai de cada ingrediente.

O cheiro do mexidão atraiu uma multidão de curiosos que, em pouco tempo, cercou o toldo onde acontecia a gravação. Catia não esperou a mãe desligar o fogo para dar a primeira garfada.

— Tá de comer rezando — avisou, enquanto olhava para a câmera e para Rodrigo, que estava atrás.

Parada em algum ponto entre as reminiscências de sua infância e o vislumbre do que estava por vir, teve certeza de que não desejaria estar em outro lugar.

Receitas

Mexidão

5 salsichas em rodelas
Alho a gosto
Cebola a gosto
1 tomate em cubos pequenos
Salsinha
Azeite, para fritar
5 ovos
3 conchas de feijão cozido e temperado, de preferência feito no dia anterior
3 xícaras (chá) de arroz cozido

Refogue as salsichas com o alho, a cebola, o tomate e a salsinha. Reserve.

Coloque o azeite em uma frigideira funda e frite os 5 ovos de uma vez. Quando estiverem quase no ponto, pique com a espátula, deixando em pedaços pequenos (não mexa antes que estejam quase prontos nem deixe as gemas estourarem). Coloque o feijão, deixe ferver por 1 minuto e junte as salsichas, mexendo bem. Depois, acrescente o arroz e misture, até ficar bem "mexido".